Prolog:

W0380929

März 1622

Leise öffnet sich das Portal des Rathauses im kurpfälzischen Meckesheim. Die drei kräftigen Männer, es sind nur noch wenige kräftige Burschen in diesem Krieg übriggeblieben, stürmen herein und finden den Befehlshaber in dessen Raum im ersten Geschoss. Gemeinsam nehmen sie zu dieser nachtschlafenen Zeit die bei ihm stehende, schwere und mit Eisen und Silber behauene Holzkiste und tragen sie die wenigen Stufen hinab.

Die davorstehende Mähre schnaubt, als die schwere Kiste auf einem Gestell festgemacht wird. Eilends und schweigend geht der Tross durch den dunklen Ort. Niemand traut sich um diese Zeit noch auf die Gassen. Zu groß ist die Angst vor Pest, Unheil oder den katholischen Truppen um Tilly – den Gegner des kurpfälzischen Winterkönigs und Herrn Friedrich V. – deren Kanonen und Musketen schon beunruhigend laut zu hören sind.

Es geht hinaus entlang des kleinen Bächleins in Richtung des benachbarten Mönchzell. Die Männer nehmen dem Pferd die Last ab, stecken ihre Fackeln an und tragen entlang des kleinen Quellbächleins die Kiste zum Friedhof hinauf. Hier sind viele Gräber ausgehoben. Der Tod hat so reichlich Beute gemacht, dass die Gräber kaum noch wie in den Jahrhunderten davor geschlossen und mit einem Kreuz versehen werden. Oftmals sind auch mehrere Tote gemeinsam einfach verscharrt worden.

Die Vier nutzen eines der offenen und tieferen Gräber, graben mit einem Spaten noch eine zusätzliche Mulde hinein und schütten anschließend auf den Toten und die Kiste eine Mischung aus Lehm, Erde und Ton. Mit einem gemeinsamen Eid auf diesem heiligen Boden versprechen sie sich, niemanden von diesem Versteck zu verraten. Und dieses Geheimnis nehmen die Vier, ebenso wie die wenige Tage später im Topf landende Mähre, mit ins eigene Grab.

Clemens Heck

Tod auf der Martinskapelle

Roman

Bookmundo.de selfpublishing

1

April 2022

Es gibt Tage, die braucht kein Mensch. Missmutig dreht sich Klaus Müller, gerade 50 geworden und seines Zeichens Kriminalhauptkommissar bei der Kriminalpolizeidirektion Heidelberg, in seinem Neckargemünder Bett herum. Seine Frau Anne ist wie immer bereits auf den Beinen und summt im Bad lautstark ein Lied vor sich hin. Ihre gemeinsame hochpubertäre sechzehnjährige Tochter Lena ist bereits auf dem Weg zur Schule. Wenn alles gut läuft, sollte sie in zwei Jahren das Abitur haben.

Auch gestern war bereits ein gebrauchter Tag. Ein klassischer Suizid am Morgen in Mannheim, nachmittags ein tödlicher Unfall bei der sogenannten Touristikfahrt auf dem Hockenheimring. Viel Schreibarbeit und daneben die undankbare Aufgabe, den Hinterbliebenen der Verstorbenen die Nachricht zu hinterbringen, dass ihr Angehöriger nie mehr nach Hause kommt.

„Kommst du endlich?“ mit dieser ultimativen Aufforderung endet schlagartig die Nachtruhe und der Alltag beginnt. „Was gibt’s heute“ – eine Frage, auf die Müller wie immer keine Antwort hat. „Keine Ahnung, irgendwo werden wir sicher gebraucht“. Danach beginnt zumindest die häusliche Routine. Frühstücken, ein kurzer Blick in den heute nicht lohnenden Regionalteil der Heidelberger Rhein-Neckar-Zeitung, und dann die nervige Fahrt mit dem Auto entlang der B37, dem „Katzenstein Rad-Boulevard“, und dann durch den Berufsverkehr in die Polizeidirektion nach Heidelberg.

„Seit letztem Jahr wird der Sprit auch immer teurer“ denkt Müller, als er an der B37 eine der wenigen Heidelberger Tankstellen passiert. Heute hat der Spritpreis mal wieder fast die 2-Euro-Grenze erreicht. Eine Tatsache, an die sich viele noch gewöhnen müssen.

Kaum stellt Müller sein Auto in der Tiefgarage ab, begegnet ihm auch schon sein liebster Vorgesetzter. Kriminalrat Hans Bauer, 58 Jahre, ledig und deshalb mit seinem Beruf verheiratet. Nicht zuletzt überzeugter Pfälzer, der nur wegen der besseren Karriere über den Rhein gewechselt ist.

„Guten Morgen Herr Kriminalrat. Auch schon im Dienst?“ fragte Müller höflich. „Ja, es ist ja schon nach acht. Da wird es ja auch höchste Zeit“ war die spitz vorgetragene Antwort seines Chefs. Danach ist Müllers Laune auch nicht besser. Das ändert sich erst als er seine Partnerin erblickt.

Rike Klein, 28 Jahre, ledig. Blond, 1,68 Meter groß, gutaussehend und nach dem erfolgreichen Besuch der Polizeiakademie seit drei Monaten frisch gebackene Kriminal-Kommissarin. Ein Engel in Zivil und immer gut gelaunt. Beides hat sicher auch dazu beigetragen, dass sie nach wenigen Tagen bereits mitten in Heidelberg eine bezahlbare Wohnung in der Weststadt gefunden hat.

Als Müller um die Ecke kommt, drückt Rike Klein ihm zur Begrüßung einen Kaffee (schwarz wie immer) in die Hand. „Heute Nacht war`s richtig ruhig. Der

Kriminaldauerdienst meldete keine Kapitalverbrechen“ berichtet sie nach dem üblichen Guten-Morgen-Ritual. „Ein Wunder bei fast einer Million Einwohnern in unserem Einzugsgebiet zwischen Mannheim und Eberbach“ entgegnet Müller, der sich und seine zwei Zentner in seinen Stuhl wuchtet. „Dann sehen wir mal, was heute kommt und vielleicht kriegen wir endlich ein paar Statistiken fertig“ und damit schnappt er sich die ersten Ordner, die bereits seit zwei Wochen auf die Erledigung warten.

Während Müller Kaffee schlürfend, leise vor sich hin schimpfend die ersten Tabellenblätter für Krimimalrat Bauer ausfüllt, vertieft Rike Klein sich in den Regionalatlas der Metropolregion Rhein-Neckar. Wo liegt Heddesheim und wie komme ich eigentlich in dieses Lobbach? Eigentlich egal, denkt sie, denn da gibt es eh nie Tote.

Und was nochmal war der Unterschied zwischen Heddesheim und Heddesbach? Fragen über Fragen, die die gebürtige Insulanerin von Föhr weder ad hoc noch vermutlich nach dem heutigen Studium der Region abschließend beantworten kann.

Im heutigen Dienstplan steht noch für beide Dienstsport. Eine Disziplin, die Rike Klein begeistert ausübt, während der mit einem BMI von 27 ausgestattete Müller froh um jeden Grund ist, der seine Teilnahme daran verhindert.

2

Wie so oft im Frühjahr regnet es auch heute. Wer aber einen oder gar mehrere Hunde hat, kennt hierbei keinen Schmerz. Es geht hinaus und am liebsten über Stock und Stein. So ist auch Frank Alhaus, Hundehalter und Leiter einer kleinen Buchhandlung in Sinsheim, mit seinem Terrier „Willi" seit 7 Uhr unterwegs, um die übliche Morgenrunde in Meckesheim zu drehen. Hinaus über die Luisenstraße, und dann ohne Leine an Schützenhaus und Römerhof vorbei und zurück über die Martinskapelle. Willi ist ein typischer Terrier. Kraftvoll, dickköpfig und hinter allem her, was Beute oder auch ein Abenteuer verspricht.

Als Willi unterhalb der Martinskapelle wieder einmal zu einem Ausflug startet, ruft Alhaus ihn sofort zurück. Aber das interessiert den Hund heute wenig. Ob „Hierher", „Willi, komm sofort" oder „Komm", der Hund ist auf und davon und Alhaus trabt lustlos seinem Hund hinterher.

Als er Willi unmittelbar an der Ende der 90er Jahre von einer Bürgerinitiative erneuerten Außenmauer der Kapelle erblickt, wird er kreidebleich. Neben Willi liegt ein Mensch, dessen Anblick sofort verrät, dass hier keine Erste Hilfe mehr erforderlich ist. Offene Augen, ein brutal aufgerissener Schädel, überall Blut und nicht zuletzt die obskure Körperhaltung lassen nur einen Schluss zu.

„Ist dort der Notruf? Ja, kommen Sie schnell. Hier liegt ein Toter“ schreit er ins Telefon. „Wo? An der Martinskapelle in Meckesheim.“

„Wir kommen sofort“ tönt es aus dem Hörer, dann bricht der Kontakt ab. Das übliche Funkloch, das an dieser Stelle nur mit Glück überhaupt einen Notruf zuließ.

3

„Wo ist das? Nie gehört? Und da ist eine Kapelle? Wie heißt die Straße? Wie, da gibt es keine Straße?“. Stakkatohaft schießt Rike Klein ihre Fragen an den Disponent in der Notrufzentrale. Nach wenigen Sekunden sagt sie: „Wir kommen und sind schon unterwegs.“

„Herr Müller, lassen Sie die Statistik los. Wir haben einen Toten“ unterbricht sie ihren Vorgesetzten bei dessen ungeliebter Aufgabe. „Wo? Was ist denn passiert?“ fragt er. „Genaues wissen wir auch noch nicht. Der Ort heißt Meckesheim und dort gibt es wohl eine Kapelle. Wohl mitten im Nichts, nicht mal eine Straße führt dorthin.“

Schnell verlassen sie ihr Büro und Rike übernimmt das Steuer. Als bekannt flotte Fahrerin jagt sie mit dem 3er BMW mit Sondersignal durch den Schlossbergtunnel und kurze Zeit später durch Neckargemünd in den Kraichgau nach Meckesheim. Während Müller versucht, sie auf dem richtigen Kurs zu halten telefoniert er ständig mit der

Einsatzleitung und versucht sich erste Details zu verschaffen.

„Verstehe - von Hund gefunden. Wohl erschlagen. Nein nicht der Hund, das Opfer, Sie Idiot! Das örtliche Revier leitet uns zur Auffindungsstelle. Anfahrt über St. Martinsstraße in Meckesheim“ hört Rike ihn zusammenfassen.

Dann verlassen Sie die B45, jagen durch die schön gestaltete Ortsmitte von Meckesheim und sind wenige Sekunden später an der Zufahrt zur St. Martinsstraße. An deren Ende wird es eng. Anscheinend sind alle Einwohner aus Meckesheim zusammengelaufen. Die Nachricht wird sich wie ein Lauffeuer verbreitet haben. Fahrzeuge von Polizei, Feuerwehr und DRK bilden einen wahren Knäuel und so legen die beiden die letzten 150 Meter auf einem Feldweg zu Fuß zurück.

„Kripo Heidelberg“ und dazu ein Ausweis ist das Codewort, damit sich die Absperrung passieren lässt. Auch dahinter finden sich unzählige Polizisten, der Bürgermeister, Helfer von Feuerwehr und DRK, Notarzt, ein Photograph der Rhein-

Neckar-Zeitung und nicht zuletzt Willi mit seinem Herrchen, der inzwischen nicht nur eine wärmende Decke, sondern auch menschliche Zuwendung braucht, um sich von seinem Schock zu erholen.

„Wie haben Sie das Opfer gefunden? Und war noch jemand mit Ihnen am Tatort?“ Sind die ersten Fragen, mit denen die Kripo-Beamten über den Terrierbesitzer herfallen. Nach wenigen Minuten ist klar, dass dieser nicht unbedingt weiterhelfen kann. Und die unzähligen Ersthelfer und Neugierigen haben die Spurensicherung auch nicht einfacher gemacht.

„Also, der Tote ist eindeutig männlich, ca. 45 Jahre alt und dem Aussehen nach mitteleuropäischer Herkunft“ berichtet Michael Terhoven, seines Zeichens Gerichtsmediziner, der, eine Abkürzung über den Königstuhl kennend, schneller als seine Kollegen der Kripo vor Ort war. Sein ehemals weißer Schutzanzug starrt vor Dreck. Der Regen und die aufgeweichte Erde um den Fundort haben ihre Spuren hinterlassen.

„Wenn die Spuren gesichert sind, packen wir ihn ein und nehmen ihn mit in mein Institut. Der Bestatter ist schon auf dem Weg“ beschreibt Terhoven die nächsten Schritte. „Ihr könnt mich dann morgen früh besuchen, dann kann ich euch mehr sagen.“

„Aber eine Schätzung, wann der Todeszeitpunkt eingetreten ist, die sollte doch möglich sein“ fragte Rike Klein nochmals nach. „Nun, es war heute Nacht kalt, es hat geregnet und hier auf dem Land ist es schon mal zwei Grad kälter als in Heidelberg. Ich kann euch nur sagen, dass er bereits so erkaltet ist, dass er mindestens 8 Stunden tot sein muss. Mehr sage ich euch morgen, wenn ihr mich jetzt meine Arbeit machen lasst“ sagt er lächelnd zu den Kripobeamten und geht dann seines Weges.

Kurze Zeit später sind die unmittelbaren Spuren am Tatort gesichert und ein Leichenwagen des örtlichen Bestatters bahnt sich den Weg zur Außenmauer der Kapelle. Ein wortkarger, bärtiger und trotz des Wetters mit Sandalen ausgestatteter Bestatter übernimmt die Leiche und transportiert diese sorgfältig und pietätvoll in Richtung der Gerichtsmedizin im Heidelberger „Neuenheimer Feld“ ab.

„Herr Kommissar, das müssen Sie sich ansehen“. Erregt schaut ein Beamter des hiesigen Reviers von der anderen Seite der Mauer hervor. Er hebt einen länglichen, metallischen Gegenstand in die Höhe, an dessen Ende ein tellerähnliches Gebilde steckt. In Höhe des Griffs ist ein kleiner Bildschirm angebracht. Das Gerät starrt vor Dreck. „Ein Minensuchgerät“ stellt er mit seinem bei der Bundeswehr vor 30 Jahren erworbenen Sachverstand fest. „Nehmen Sie sofort die Hände von dem Beweismaterial und legen sie es vorsichtig auf den Boden“ herrscht KHK Müller ihn an. „Wo haben Sie etwas über Beweissicherung gelernt? Und außerdem ist das kein Minensuchgerät, sondern ein Metalldetektor. Mit dem sind häufig Sammler und Schatzsucher auf der Suche nach Wertvollem. Oder glauben Sie, dass in diesem Ort irgend jemand eine Mine verlegt hat?“ Kopfschüttelnd geht er zu den Mitarbeitern der Kriminaltechnik und veranlasst, dass die Spurensicherung auf das komplette Gelände um die Kapelle erweitert wird.

Der Leiter der Kriminaltechnik, Hakan Yildirim, ein waschechter „Mannemer Türk“, verspricht ihm bis morgen einen ersten vorläufigen Bericht erstellt zu haben. „Hajo, des kriegsch du schunn“ ist das letzte was Rike Klein glaubt aus dessen Mund vernommen zu haben. „Was sagte der Kollege?“ fragte die Nordfriesin ihren die kurpfälzische Sprache als Muttersprache beherrschenden Kollegen. „Er sagte mir, dass er natürlich morgen früh alles fertig hat, ich mir keine Sorgen machen soll und wir uns auf ihn verlassen können“ fasst Müller die Aussage des Kriminaltechnikers zusammen. Ungläubig schaut Rike Klein ihn an und sagt „Und das in diesen wenigen Worten.“ „Ja, Kollegin, wenn Sie schon bei uns in der Kurpfalz sind, sollten Sie schon unsere Sprache erlernen. Ist gar nicht so schwer. Und in Dörfern wie Meckesheim ist es mehr als hilfreich, wenn Sie nicht nur Hochdeutsch verstehen“ dreht er sich lachend um und ruft Yildirim nach „Alla hopp, donn mach disch mol dro.“

4

Auf der Rückfahrt nach Heidelberg diskutieren Müller und Klein über ihre bisherigen Erkenntnisse. „Klar ist, dass er tot ist und kein Suizid vorliegen kann. Selbstmörder erschlagen sich nicht“ legt Müller vor. „Ja, und außerdem ist es möglich, dass er mit dem Metallsuchgerät irgendwas gesucht oder gefunden hat, was möglicherweise zu einem Streit geführt hat“ ergänzt Klein ihren Kollegen.

„Was ist das überhaupt für ein Ort, diese Kapelle?“ fragt die Nordfriesin, die in ihrem Studium der regionalen Kenntnisse noch nicht tief eingedrungen ist. „Nun, bei der Frage haben Sie Glück, dass Sie einen wahren Patrioten der Geschichte der Kurpfalz fragen“ strahlte Müller. „Also, die hiesige Gegend ist voll von historischen Bauwerken. Die meisten kennen natürlich nur das Heidelberger Schloss oder mit viel Glück die Feste Dilsberg. Das sind aber eigentlich Neubauten im Vergleich zu anderen Bauwerken und Fundstätten, die bei uns häufig zu finden sind“ beginnt der Hauptkommissar seine Ausführungen.

Und da die Fahrt von Meckesheim nach Heidelberg ohne Sondersignal eine halbe Stunde dauert, bekommt Rike einen kleinen geschichtlichen Vortrag für „Neugeschmeckte“ zu hören.

„Die Geschichte der Menschheit ist eng mit der Kurpfalz verbunden. Wenn Sie jetzt vorne auf die B45 in Meckesheim auffahren, kommt als nächster Ort Mauer. Hier wurde im Jahr 1907 Weltgeschichte geschrieben. Ein Daniel Hartmann, seines Zeichens einfacher Arbeiter, kam mit einem Unterkieferknochen in die noch heute bestehende Wirtschaft „Pfalz“ und sagte „Heute habe ich den Adam gefunden“. Er wusste vermutlich gar nicht, wie recht er damit hatte. Ist doch der heute im Kurpfälzischen Museum in Heidelberg wohl behütete Unterkieferknochen eines der ältesten Nachweise der Menschheitsgeschichte in Europa. Und wenig später ist dieser Urmensch unter dem Namen „Homo heidelbergensis“ in Forschung und Literatur weltberühmt geworden. Leider haben wir jetzt keine Zeit, in Mauer dessen Spuren zu folgen, wenn Sie aber mal einen Tag frei haben, empfehle ich Ihnen, den dortigen Fundort in der Sandklinge einmal zu besuchen.

Viele tausend Jahre später prägten die Römer die hiesige Gegend. Der Limes, also die Grenzbefestigung zwischen dem Römischen Reich und dem barbarischen Gallien, war nur wenige Kilometer bei Mudau entfernt. Und in Meckesheim gab es Nachweise über einen Übergang über die Elsenz und deren Aue, die damals vermutlich ganz überwiegend sumpfig und damit kaum passierbar war. Die Römer brachten später das Christentum mit sich und es entstanden erste christliche Kapellen. Diese waren natürlich nicht in den Niederungen errichtet, sondern auf Hügeln, die sicher vor Überschwemmungen waren. Hier entstanden oft auch die ersten Friedhöfe. Und so entstand meines Wissens auch die Martinskapelle vor weit über 1.000 Jahren in Meckesheim" beendete Müller seinen geschichtlichen Diskurs.

„Wenn der Tote mit einem Metallsuchgerät unterwegs war, müssen wir mehr über den Tatort wissen" setzte

Rike Klein das Gespräch nach kurzer Pause fort. „Schließlich ist es ja nicht auszuschließen, dass es Streit über einen möglichen Fund gab. Aber wir müssen auch aufpassen, dass wir uns nicht zu sehr auf diesen Aspekt fokussieren."
Schweigend fuhren sie nun die letzten Kilometer nach Heidelberg. Als sie das Schloss im Ortseingang von Heidelberg erblickte, dachte Rike Klein „Und wie ein Neubau hast du für mich bis jetzt eigentlich nicht ausgesehen".

Nach dem unvermeidlichen Bericht bei Kriminalrat Bauer fluteten die unterschiedlichen Bereiche wie Kriminaltechnik und das örtliche Revier die beiden mit unzähligen Informationen. Nach einer ersten Sichtung und der gemeinsamen Feststellung, dass die nächsten Tage nicht einfach werden, verabredeten sie sich auf den nächsten Tag 8 Uhr bei Michael Terhoven in der Gerichtsmedizin.

5

„Kommen Sie herein“ empfängt der gut gelaunte Gerichtsmediziner Michael Terhoven die beiden von der Kripo. „Es gibt Neuigkeiten, die Sie interessieren werden.“ Während Klaus Müller dem Gerichtsmediziner folgt, bleibt Rike Klein im Vorraum des Instituts stehen. „Was ist los? Kommen Sie“ fordert Müller seine Kollegin auf. „Ich kann das nicht so einfach. Mir wird schon beim Geruch in solchen Räumen übel“ gibt Rike Klein unumwunden zu.

„Das gehört eben auch dazu, da müssen Sie durch“ entgegnet der erfahrene Ermittler. „Und nach der zwanzigsten Leiche ist das, wie wenn andere zum Einkaufen gehen.“ Mit diesem makabren Vergleich wendet er sich wieder dem Hausherrn zu. „Los geht`s, bringen wir`s hinter uns.“

Besucher in der Gerichtsmedizin werden immer von vergleichbaren Gefühlen ergriffen. Beklommenheit, gepaart mit einer gefühlten und auch tatsächlichen Kühle, und nicht zuletzt das zwiespältige

Gefühl, dem Tode gegenüberzutreten. So geht es auch Rike Klein und KHK Müller. Da hilft auch kein noch so kesser Spruch gegenüber unerfahreneren Ermittlern. Im Sektionsraum ist der Tote auf einem schmucklosen Tisch aufgebahrt. Der namenlose Assistent des Gerichtsmediziners nimmt das Laken von ihm, und dann erblicken Müller und Klein den Toten in seiner völligen Nacktheit. Kein schöner Anblick, selbst jetzt, wo sie vorher wussten, was sie erwartet.

„Männliche Leiche, ca. 55 bis 65 Jahre alt, 1,78 Meter groß, leicht korpulent mit 85 kg“ beginnt Terhoven seinen ausführlichen Bericht. „Todesursache eindeutig ein heftiger Schlag mit einem scharfen Gegenstand auf den Kopf. Vielleicht ein Beil, ein Spaten oder so. Er war sofort tot und hat zumindest nicht leiden müssen.

Todeszeit war ca. 21 Uhr, d. h. nach Einbruch der Dunkelheit. Auffallend an der unbekannten Leiche, Papiere oder ähnliches haben wir an ihm nicht gefunden, sind die Hände. Sie weisen zahlreiche kleine Verletzungen auf, wie sie bei hart körperlich arbeitenden Menschen nicht unüblich sind. Außerdem fanden wir unter den Fingernägeln Spuren von Schlurf und toniger Erde. Diese Spuren sind identisch mit dem Boden, den wir als Probe vom Tatort mitgenommen haben. Folglich ist davon auszugehen, dass er mit den Händen Erdarbeiten am Tatort ausgeführt hat."

„Erdarbeiten? Sie meinen Grabungen oder so etwas?" fragt Rike Klein, die froh ist, mit dieser Frage von dem Toten etwas abgelenkt zu werden.

„Ja, oder er hat etwas eingepflanzt. Irgend so etwas muss er wohl kurz vor seinem Tod unternommen haben" war die Antwort.

„Können Sie uns noch etwas zu dem Menschen sagen?" versucht Müller wieder zielgerichtet voranzugehen. „Ja, natürlich, entschuldigen Sie. Also, wir glauben, dass er mitteleuropäischer Abstammung ist. Möglicherweise also sogar ein Kurpfälzer. Sein Gebiss, ein Implantat und ein geheilter Bruch im Bereich des Nabels lassen den Schluss zu, dass er eine sehr gute medizinische Versorgung erhalten hat. Seine Kleidung ist bereits bei der Kriminaltechnik, die können Ihnen da sicher im Hinblick auf die Kleidung weiterhelfen.

Leider hat er keine Prothesen oder künstliche Gelenke, die über eine Erkennungsnummer auf ihn schließen lassen. Das gleiche gilt für Schmuck oder Uhren. Beides hat er nicht getragen. Und Tattoos oder Piercings, die bei einer Identifikation helfen können, sind leider auch nicht vorhanden.

Blutgruppe A+ … wie so viele. Auch damit ist Ihnen nicht direkt geholfen.“ Mit diesen Informationen endet der Vortrag des Gerichtsmediziners, verbunden mit der Frage, ob Müller und Klein darauf bestehen, auch die Rückseite des Opfers in Augenschein zu nehmen. Dankend lehnen sie ab und verlassen die düsteren Räume der Gerichtsmedizin, um in die strahlende Sonne vor dem Gebäude zu kommen, die den Regen der vergangenen Nacht abgelöst hat.

6

Kaum zurück stürmt Kriminalrat Bauer in ihr Büro. „Besprechung mit Staatsanwaltschaft 10 Uhr bei mir. Es brennt!“ Und genauso rasch wie er kam, ist er auch schon wieder die Türe des Büros draußen.

„Was ist denn jetzt los?“ fragend schaut Rike Klein auf ihren erfahrenen Kollegen. „Was wohl? Rhein-Neckar-Zeitung, Kurpfalz-Radio, Radio Regenbogen und vermutlich noch der SWR. Da brennt unseren Obersten ganz schnell der Kittel. Wetten wir, dass dem so ist?“

Zehn Minuten später steht Rike Klein erstmals Staatsanwalt Walter Knopf von der Heidelberger Staatsanwaltschaft gegenüber. Ohne auch nur ein Wort des Grußes schießt dieser los: „Sie können sich nicht vorstellen, was bei mir los ist. Presse, Rundfunk und sogar das Fernsehen. Alle wollen Interviews oder druckreife Informationen. Selbst der Landrat und gar der Innenminister über seinen persönlichen Referenten fragen schon an, ob wir jetzt selbst auf dem

Lande Mord und Totschlag zulassen und bis wann wir die Täter gefasst haben. Also, wie steht`s?“

Also berichten Klaus Müller und Rike Klein über das bisher ermittelte Ergebnis. Da dies recht wenig ist, ist der Bericht auch schon nach gefühlten 30 Sekunden vorbei. „Ist das alles???? Mehr haben Sie nicht?“ resümiert der Staatsanwalt. „Dann gibt es heute auch noch keine Presseinfo. Und Sie, Bauer, teilen genau das der Presse mit. Wenn es mehr zu berichten gibt, übernehme ich. Und lassen Sie mich nicht zu lange im Regen stehen!“ Grußlos verlässt er den Raum und lässt einen ratlosen Bauer und zwei Ermittler zurück, die froh sind, sich jetzt wieder ihren Aufgaben widmen zu können.

7

Am Nachmittag meldet sich telefonisch der Leiter der Kriminaltechnik Hakan Yildirim. „Gut, dass ich Euch erreiche. Wir würden Euch gerne was zeigen.“ Zehn Minuten später stehen Müller und Klein im untersten Stockwerk ihrer Heidelberger Niederlassung.

„Die Kleidung des Toten gibt eigentlich nichts her. Massenware von einem bekannten Discounter. Hunderttausendfach im ganzen Bundesgebiet und angrenzenden Ausland verkauft, das gibt keine Spur“ startet Yildirim seinen Bericht. „Auch gibt es keine Hinweise in Form von Namensschildern oder ähnlichen in Kleidung oder Schuhen. Das gleiche gilt auch für das Metallsuchgerät. Ist zwar ein top aktuelles Gerät, aber die Bezugsquellen im Internet sind mit ihren Kundendaten nicht unbedingt hilfsbereit.“ Bedauernd endet hier Teil eins seines Berichts.

„Aber, wir haben uns nochmals ganz intensiv um und in der Kapelle umgeschaut. Zwischen dem vor der Kapelle stehenden Ahorn und einem alten Grabstein aus dem 19. Jahrhundert gab es eine Stelle, an der wohl frisch gegraben wurde. Mit Hilfe der Meckesheimer Feuerwehr, deren hilfreicher Kommandant Faul uns um die Grabungsstätte wegen des Regens ein Zelt aufbauen ließ, haben wir hier nochmals gegraben. Gefunden haben wir eigentlich nichts. Wir gehen aber dennoch aufgrund der Größe der Grabung und der fehlenden Erde davon aus, dass hier etwas ausgegraben wurde. Was es war, können wir unmöglich sagen. Aber es war mindestens etwa 60 cm lang, 30 cm breit und 40 cm hoch."

Rike Klein und Klaus Müller schauen sich an. Sie fasst zusammen: „Wir wissen nicht, wer der Tote ist, er gräbt aber nachts in alten Gemäuern und findet wohl auch was. Ist doch immerhin ein Anhaltspunkt – Sie haben uns sehr geholfen". Gemeinsam verlassen Sie das Untergeschoss, in dem neben fähigen Menschen auch eine ganze Batterie unterschiedlichster Geräte Antworten auf die ungewöhnlichsten Fragen geben.

8

Wie immer ist ihr Treffen nachmittags in der Gartenkolonie „Sonnenglück“ im pfälzischen Schifferstadt. Unweit der Fundstelle des „Schifferstadter Hutes“ fanden sie es passend, sich genau hier auszutauschen und ihre heimlichen Aktionen zu feiern.

Um 15 Uhr waren alle versammelt: Klaus aus Mannheim, Willi aus Schifferstadt, Ladislaus aus Speyer und natürlich der „König der Schatzsucher“, Patrick aus Sinsheim. Er ist eine Legende in diesem Metier, seit er in der Nähe von Osterburken zahlreiche römische Silbermünzen gefunden hat, die ihm nicht nur Anerkennung unter seinesgleichen, sondern auch eine große Barschaft durch einen reichen Sammler beschert hat.

Wie immer zu Beginn berichtete jeder von ihnen über seine neu entdeckten Fundstellen und zeigte die schönsten Fundstücke vor.

„Den habe ich drüben in Altlußheim knapp vor der Salierbrücke entdeckt“ Ladislaus hält triumphierend einen ramponierten Denar in die Höhe. „Den hat ein Römer verloren, als er wohl den Rhein bei Speyer überqueren wollte."

„Was hast Du für ein Modell für die Suche eingesetzt?" fragte Patrick, der schon seit langem seine Ausrüstung optimieren will. „Ein GARRETT ACE 200i" war die prompte Antwort, aus der herauszuhören war, wie stolz der Besitzer auf diese neueste Errungenschaft der Technik ist.

„Eigentlich wollte der Egon doch über sein neues Teil berichten, wo bleibt er denn heute nur?" blickt Ladislaus fragend in die Runde. Niemand wusste etwas über den Verbleib von Egon. Lediglich Klaus wusste zu berichten, dass der aus Wiesloch kommende Egon seinen persönlichen Suchradius in den letzten Wochen veränderte. „Der ist irgendwie angefixt vom 30jährigen Krieg. Der hat da irgendeinen alten Schwaden aus dem Antiquariat gelesen und sich dann zuletzt immer irgendwo im Elsenztal herumgetrieben. Vielleicht hat er sich da verlaufen oder kommt nicht mehr aus seinem Grabungsloch heraus."

Mit diesem Scherz wechselt das Thema von den neuesten Sonden auf die Vorteile des Welde-Bieres gegenüber den Palmbräu-Produkten, und der Nachmittag endet wie alle Treffs dieser illustren Truppe. In alkoholgeschwängerten Träumen von großen und immer prall gefüllten Schatzkisten.

9

„Wir müssen wissen, wer der Tote ist. Sonst drehen wir uns immer wieder im Kreis und kommen nicht weiter“ gibt Klaus Müller das Ziel des heutigen Tages aus. „Und damit wir da einen Schritt weiterkommen, müssen wir die Frage klären, was es mit dem Tatort überhaupt auf sich hat.“

„Dann rufen Sie am besten mal das Denkmalamt an. Die wissen dort am besten Bescheid. Ist da in Baden-Württemberg auch das Land zuständig?“ fragt Rike Klein, die in ihrer Heimat keine Regierungspräsidien, sondern nur das Archäologische Landesamt oder das Landesamt für Denkmalpflege kennt. „Nein, bei uns gibt es vier Regierungspräsidien. Für uns in dem badischen Teil der Kurpfalz ist das Regierungspräsidium Karlsruhe zuständig“ antwortet ihr Schubert.

„Ist dort das RP Karlsruhe? Hier ist die Kripo aus Heidelberg, Kriminalhauptkommissar Müller. Sind Sie zuständig für die St. Martinskapelle in

Meckesheim? Nein, Meckesheim, nicht Meckenheim! Ja, Postleitzahl 74909. Nein, die Kapelle hat keine Postanschrift! Was, später nochmals anrufen? Wenn der Baudirektor da ist? Wann ist er wieder da? Wissen Sie nicht? Kann mir sonst jemand weiterhelfen? Wie, und der arbeitet nicht bei Ihnen? Weiß aber alles? Ja gut, dann rufe ich den mal an.“ Wutschnaubend wirft Müller den Hörer auf die in der Moderne nicht mehr vorhandene Gabel und resümiert „Die wissen nichts, eigentlich sogar überhaupt nichts. Aber da soll`s einen geben, der über Meckesheimer Geschichte und die Kapelle alles weiß. Und zu dem fahren wir morgen hin.“

10

Wenn man wie Rike Klein auf einer kleinen Nordseeinsel geboren ist, wo spätestens im November die Rollläden heruntergeklappt werden und das Leben frühestens an Ostern wieder beginnt, ist Heidelberg mit seinem quirligen, ganzjährigen Studenten- und Touristenleben schon eine Wucht! Nach diesem ereignisreichen Tag beschließt die Ermittlerin, den Dienst Dienst sein zu lassen und sich weiter auf die Suche nach einer Stammkneipe und möglichen neuen Bekannten zu machen.

Die ersten ihrer Versuche endeten meist in der Unteren Neckarstraße oder dem Kneipen-Bermudadreieck zwischen Hauptstraße, Rathaus und der Alten Brücke. Doch die Hoffnung, hier im Frühjahr Menschen zu treffen, die wie sie in Heidelberg eine dauerhafte Bleibe gefunden haben, ist inzwischen der Erkenntnis gewachsen, dass diese sich wohl eher in ihren Wohnzimmern verschanzen, als das überwiegend von Touristen besuchte Altstadtviertel aufzusuchen.

So hat sie auf dem Wege zu dieser Erkenntnis zwar unzählige Angebote für eine mehr oder weniger schnelle sexuelle Erfahrung mit Touristen und Studenten aus aller Welt erhalten. Aber die Hoffnung, hier echte Freunde zu finden, erfüllte sich nicht.

Erste Versuche mit Partnerbörsen im Internet endeten auch sehr schnell im Fiasko. Der Traummann entpuppte sich beim näherem Kennenlernen bestenfalls als noch wachzuküssender Frosch, oder der ebenfalls angeblich 28jährige kam bereits stark angegraut, aber immerhin mit einem vermutlich bezahlten Porsche um die Ecke.

Gegen 21 Uhr verlässt sie bei einbrechender Dunkelheit ihre Wohnung in der Häuserstraße. Wie fast alle Weststädter ergreift sie ihr Fahrrad und fährt über die Theodor-Heuss-Neckarbrücke erstmals in den Stadtteil Neuenheim. Von ihren Kollegen hat sie erfahren, dass hier nicht nur viele gut betuchte Heidelberger wohnen, sondern mit der Neckarwiese und den am Brückenkopf gelegenen Cafés und Bars eine schöne Location zum Ausgehen entstanden ist.

Nachdem sie ihr Fahrrad am Rande der Neckarwiese gut gesichert abgestellt hat, schlendert sie, begleitet vom abendlichen Schnattern unzähliger Gänse, an gemeinsam lautstark Feiernden oder auch den Schlossblick genießenden Pärchen vorbei, neckaraufwärts. Sie kann nicht widerstehen und stellt in ihren WhatsApp-Status nach wenigen Metern ein Bild von diesem weltbekannten Motiv der Alten Brücke und der dahinter aufragenden Ruine des Heidelberger Schlosses ein. „Ihr sollt schon sehen, warum es sich lohnt, eine Insel zu verlassen“ denkt sie und in diesem Moment fallen ihr viele warnende Kommentare der Insulaner ein, die sie vor einem Umzug „aufs Festland und dazu noch in den Süden“ gewarnt haben.

Im April wird es in diesen Breiten weiterhin sehr schnell dunkel und so läuft Rike von der Neckarwiese in Richtung Bergstraße. Der Ausflug zum Philosophengärtchen am gleichnamigen Weg ist ihr jetzt zu anstrengend. Stattdessen weist ein nettes Schild auf die

„Bar d'Aix en Provence" hin. Neugierig wirft sie vorsichtig einen Blick hinein und beschließt sogleich, hier ihre Erkundung des Heidelberger Nachtlebens fortzusetzen. „Vielleicht gibt es ja doch schöne Kneipen in Heidelberg, in denen man sich wohlfühlen kann" denkt sie beim Hineingehen.

11

„Wo bleiben Sie denn?“ ungeduldig startet Hauptkommissar Müller bereits den Wagen, als Rike Klein mit ihrem Fahrrad um die Ecke der Polizeidirektion kommt. „Wir sollten schon in 20 Minuten in Meckesheim sein. Am Telefon sagte mir der Experte gestern, dass er eigentlich nie Zeit hätte und wir pünktlich sein sollten.“

„Aha, und zu wem fahren wir jetzt?“ Atemlos vom schnellen Radeln zwängt sich Rike Klein in den Sportsitz des 3er BMW, der ihr mit Jacke kaum Luft zum Atmen lässt.

„Die Frage ist nicht unbedingt zu wem, sondern eher zu was“ beginnt Müller seine Ausführungen. „Es gibt in Baden-Württemberg Menschen, die sich ehrenamtlich in der Denkmalpflege einbringen. Diese zugegeben sehr wenigen Idealisten können bei entsprechender Qualifizierung „ehrenamtlich Beauftragte in der archäologischen Denkmalpflege Baden-Württemberg“ werden. Das Besondere daran ist, dass sie dann als ehrenamtliche Helfer in offizieller Mission für das Land aktiv sind." Unser Termin jetzt findet sogar mit einem Preisträger des Landes statt. Er wurde vor zwei Jahren mit dem Archäologie-Preis des Landes Baden-Württemberg für herausragende Leistungen auf dem Gebiet des Denkmalschutzes ausgezeichnet.

Als ich mich nach dem Preisträger in anderen Behörden erkundigte, ging ein einheitliches Stöhnen, gepaart mit stiller oder offener Bewunderung, durch das Telefon. Er scheint jede Grabung im Elsenz-, Schwarzbach- und Lobbachtal persönlich in Augenschein zu nehmen und Dinge zu erkennen, die selbst studierte Archäologen nicht sofort als bedeutend wahrnehmen. Und egal, ob es Holz aus Fischtreppen oder ein gehauener Stein im Weizenfeld ist, stets ist er zur Stelle und sichert die Grabung und Fundstücke. Und damit tritt er den zuständigen Behörden ständig auf die Zehen, womit die natürlich ihre Probleme haben. Und dieses besondere Exemplar Mensch finden wir wo wohl? – natürlich in Meckesheim!"

Während sie durch das aufblühende und teilweise schon im vollen Blätterkleid stehende Neckartal fahren, denkt Rike Klein über das Gehörte nach. Ein Blick aus dem Fenster verrät, dass es hier sicher viel zu graben und zu sichern gilt. Fahren sie doch alleine auf diesen 20 km an der Altstadt von Heidelberg, der Abtei Neuburg, Neckargemünd mit Feste Dilsberg und Burg Reichenstein, dem bereits bekannten Mauer und nicht zuletzt der Meckesheimer Martinskapelle mehr oder weniger unmittelbar vorbei.

Wieder geht es über die mit Schlaglöchern übersäte Leopoldstraße von der B45 nach Meckesheim hinein. Vorbei an der schönen evangelischen Kirche, dem Rathaus und einer alten, verfallenen Brauerei geht es nun Richtung Ortsende. Hier stehen einige schöne Häuser. An der Baustelle eines neuen Kreisels biegt Müller von der Hauptstraße ab. Kurze Zeit später stehen sie vor einem älteren Häuschen mit einer großen Trockenmauer und einem sehr gepflegten, naturnahen Garten.

„Kress heißt unser Ansprechpartner, Günter Kress. Und er gilt als nicht lange um den heißen Brei herumredend. Also - gehen wir los“ sind die letzten Infos, die Rike Klein von ihrem Partner und Chef erhält.

Während sie aus dem Auto aussteigen, beobachtet sie von der anderen Seite des Gartenzauns ein älterer Herr. Er hat wachsame Augen, ist groß, schlank, geradezu hager, sonnengebräunt. Er trägt einen leichten Stoffhut und ruft Ihnen zu: „Sie kommen sicher von der Kripo. Kommen Sie herein und setzen Sie sich zu mir in den Garten.“

Nachdem der Hobby-Archäologe einen Krug selbst gemachten Saftes serviert hat, beginnt Kriminalhauptkommissar Müller mit der Befragung. „Herr Kress, Sie wissen ja, wo der Tote aufgefunden wurde. Es gibt inzwischen Hinweise, dass er im Umfeld der Kapelle mit einem Metalldetektor gesucht und offensichtlich auch gegraben hat. Wir müssen nun unbedingt mehr über die Kapelle oder den eigentlichen Tatort wissen. Das Landesdenkmalamt in Karlsruhe hat uns keine konkrete Auskunft geben können, sondern auf Sie und Ihre Kompetenz verwiesen.“

„Ja, die beim Denkmalamt haben häufig keine Ahnung. Das ist aber doch kein Wunder, schließlich müssen die den gesamten Bereich des Regierungspräsidiums Karlsruhe sichern und bewahren. Aber bei mir sind Sie, wie so viele andere, die sich für unsere Gegend und deren Geschichte interessieren, an der richtigen Stelle“ und damit beginnt ein historischer Ausflug, der auch geschichtlich interessierte Ermittler an den Rand ihrer Aufnahmefähigkeit bringen wird.

„Sie wissen ja, dass bereits zu Urzeiten der ‚Homo Heidelbergensis‘ vermutlich auch auf Meckesheimer Gemarkung sein Unwesen trieb. Später hatten wir die Kelten, Römer, Germanen und viele weitere zu Gast, die bei uns nicht nur ihre baulichen Spuren, sondern auch ihre Gene in vielen ihrer heute kurpfälzischen Nachkommen hinterließen. Alle gemeinsam hatten sie den Glauben an eine höhere Macht. Die Römer zunächst an ihre vielen Götter und später an das Christentum. Und spätestens mit dessen Aufkommen gewann die Frage, wie und wo die Toten bestattet werden, eine höhere Bedeutung. Die hiesige Martinskapelle stammt nach heutigen Erkenntnissen mit ihren Wurzeln aus der Zeit der Franken, das bedeutet etwa aus dem 7. oder 8. Jahrhundert. Interessant ist aber, dass an gleicher Stelle bei früheren Grabungen die Darstellung einer römischen Göttin aus dem 2. Jahrhundert in der Kapelle gefunden wurde. Diese finden Sie heute im Kurpfälzischen Museum in Heidelberg und ist der Beweis, dass der Platz an der heutigen Martinskapelle bereits seit fast zweitausend Jahren ein heiliger Ort mit besonderer Bedeutung war. Auch 1997/98 wurden im Bereich der Kapelle Keramikteile gefunden. Diese waren so bedeutend, dass der Heimatverein Kraichgau hierüber sogar einen Sonderdruck mit Unterstützung der Stiftung ‚Kraichgau' herausbrachte. Den habe ich irgendwo in meinen Unterlagen liegen.

Gesichert ist heute die Erkenntnis, dass mit Errichtung der ersten Kapelle auch die Errichtung eines Friedhofs einherging. Die nach Süden ausgerichtete Lage, erhöht über der sumpfigen Talaue war Garant dafür, dass die Leichen nicht im Moder beigesetzt werden mussten. Gleichzeitig war es damals, wie übrigens auch heute, sicherlich eine der schönsten und sonnigsten Plätze in der hiesigen Gegend, was auch für die Nutzung als Kirchhof gesprochen hat.

Dieser Friedhof wurde dann übrigens tatsächlich bis ins 19. Jahrhundert hinein genutzt. Das ist eigentlich erstaunlich, da die Bevölkerungszahl von Meckesheim über die Jahrhunderte nach 1648 von etwas unter hundert auf fast 1.000 ständig anstieg und die Lebenserwartung in diesen Jahren doch deutlich unter der heutigen lag. Daraus ist zu folgern, dass es doch über die Jahre auf dem Friedhof ganz schön eng wurde. Die Neuanlage eines weiteren Friedhofs im Tal war dann eine zwangsläufige Folge der beengten topographischen Verhältnisse. Außerdem war bereits ab dem 16. Jahrhundert die

Kirche von Meckesheim im Dorf, und die Martinskapelle verlor mehr und mehr an Bedeutung.“ Bevor der Archäologie-Preisträger nun auf die weitere Entwicklung im Dorf eingehen kann, holt ihn Rike Klein geschickt wieder auf die Martinskapelle zurück. „Und seit wann sieht die Kapelle so aus wie heute?“ „Nun, eigentlich erst seit den 60er Jahren des letzten Jahrhunderts. Damals sicherte die Gemeinde zunächst die Reste des Turmes, die auch heute noch zu sehen sind. Vom letzten Kirchenschiff wissen wir nur noch die Umrisse, da müssten Sie schon mit Grabungen beginnen, um weitere Kenntnisse zu erlangen. Zu diesem Zeitpunkt war die Außenmauer schon stark angegriffen, sie fiel bis Mitte der neunziger Jahre zusehends in sich zusammen. Manche nutzten sie sogar als Steinbruch. Dann bildete sich eine Bürgerinitiative, die damals natürlich nicht so hieß, und mit Unterstützung der Gemeinde und des Denkmalamtes wurde die Außenmauer in ehrenamtlicher Arbeit in der historischen Art wieder aufgebaut. Eine heroische Tat, bei der sich viele Männer der Gemeinde beteiligt haben.

Sogar das Baumaterial wurde damals komplett von Bürgern gespendet“

„Und was kann der Tote dort gesucht haben? Grabbeilagen doch sicher nicht“ versucht Müller das Gespräch in eine für ihn gewinnbringendere Richtung zu lenken. „Grabbeilagen kann ich mir nicht vorstellen“ spinnt Kress den Faden fort. „Aber das Problem von nachvollziehbarer Meckesheimer Geschichte ist das Jahr 1722. Damals gab es einen fürchterlichen Brand im Dorf. Mit Ausnahme von 7 Wohnhäusern im Außenbereich wurde alles verwüstet. Neben Häusern und Stallungen waren auch die Kirche und das damalige Rathaus bis auf die Grundmauern abgebrannt. Und damit natürlich auch die für die Geschichtsforschung unverzichtbaren Kirchenbücher. Weiterhin alle Akten, die die damalige Gemeinde aufbewahrte. Sicher ist nur, dass es noch einige Unterlagen über das frühere Meckesheim an anderer Stelle gibt. Und hier ist in erster Linie natürlich das frühere Kloster Lorsch mit der Erstbenennung unseres Ortes im

Jahr 822 und das Badische Landesarchiv in Karlsruhe zu nennen. Aber ich glaube nicht, dass diese Ihnen in dieser Frage konkret weiterhelfen können."

„Bei uns im Norden gibt es immer wieder Sagen und Überlieferungen aus alter Zeit" wirft Rike Klein ihre Gedanken ein. „Gibt es so etwas bei Ihnen nicht?"

„Doch schon". Günther Kress überlegt sich längere Zeit die folgende Formulierung: „Aber was da dran ist, kann Ihnen auch niemand genau sagen. Es gibt beispielsweise eine Überlieferung aus den letzten Tagen des Zweiten Weltkrieges. Damals, es war genau Ostersonntag, der 1. April, kamen die Amerikaner von Mauer aus kommend nach Meckesheim. Während um Zuzenhausen noch länger gekämpft wurde, gab es um Meckesheim glücklicherweise keine Kampfhandlungen. Es waren aber bis zur letzten Minute deutsche Soldaten im Dorf. Und während alle Meckesheimer in ihren Häusern und Höfen Schutz gesucht haben, sind diese eiligst in Richtung Lobenfeld abgezogen. Lange hat sich die Mär gehalten, dass diese bei dem Abzug im Bereich des heutigen Ortsausganges Richtung Mönchzell Waffen und Uniformen im Feld weggeworfen, beziehungsweise vergraben haben. Aber diese hat man nie gefunden. Aber vielleicht hat Ihr Toter von dieser Mär gehört und war auf der Suche nach genau diesen Dingen“ meinte Kress und beendete damit die gedankliche Exkursion in die Meckesheimer Geschichte.

12

Die Hoveniersstraat hat eine lange und glitzernde Geschichte. Wie bei den meisten berühmten historischen Handelszentren ist die Geschichte dieser Stadt mit einem Fluss und den darüber transportierten Waren verbunden. Die Schelde, die sich nur eine kurze Wegstrecke von der Hoveniersstraat ihren Weg durch die flandrische Stadt in Richtung der offenen See sucht, hat seit Jahrhunderten viele Waren hierher begleitet. Auch großartige flandrische Künstler wie Rubens waren natürlich mit diesem Ort verbunden und haben ihn berühmt gemacht. Ulrik de Neve, ehemals Bankier in Brüssel und jetzt einer der zahlreichen Diamantenhändler, die in Antwerpen im sogenannten Diamantenviertel ihre Geschäfte betreiben, schaut nervös auf die Uhr. Der Kunde, der sich mit Losungswort angekündigt hat, müsste jede Minute die technisch und personell hochgesicherte Straße betreten und ihm dann die angekündigte Ware bringen. Aber im tristen belgischen Regen sind bisher lediglich viele und ausschließlich konservativ schwarze Regenschirme und die zahlreichen Mitarbeiter der Sicherheitsfirmen, die auf jeden Besucher ein waches Auge werfen, zu erkennen.

Jetzt kommt eiligen Schrittes ein mittelgroßer, ohne Schirm, aber in Anzug mit der inzwischen etwas aus der Mode gekommenen Krawatte gekleideter Mann in den gesicherten Eingangsbereich von de Neves kleinem Diamantenhandel. Mit den Worten „Die Sonne geht im Süden auf" gibt sich der Fremde als der Kunde zu erkennen, auf den de Neve gewartet hat. Und damit öffnet de Neve gedanklich den zweiten Teil dieses Geschäfts, über das er per Darknet und wenige persönliche Kontakte mindestens das gleiche verdient wie mit Diamanten. „Und der Mond spiegelt sich im See des hohen Venn" gibt er dem Gegenüber eindeutig zu verstehen, dass er alleine im Geschäft ist und auch derjenige ist, den der Besucher sprechen will.

„Ich bin Wallenstein“ führt dieser fort, wobei de Neve sofort klar ist, dass dies sicherlich ein Alias-Name ist. „De Neve“ stellt er sich vor. „Wo ist die Ware?“ Wortlos schiebt der Besucher einen Beutel auf die Theke. Als ihn de Neve hinter seinem Tresen öffnet, sind zahlreiche Münzen darin enthalten. Um Kratzer und Beschädigungen zu vermeiden, sind diese Münzen jeweils nochmals einzeln in Schutzverpackungen eingehüllt. De Neve zählt insgesamt 40 Münzen, einige hiervon aus Gold. Auf die Schnelle kann er hiervon zwölf als Stephansgulden aus der Stadt Metz in Lothringen, vierzehn als Dukaten der Stadt Zwolle und zwei als zehnfache Golddukaten erkennen. Alleine die zwei Dukaten dürften auf dem Schwarzmarkt mindestens zweihunderttausend Euro bringen. Aber auch die anderen Münzen, die im Gegensatz zu den genannten teilweise in schlechtem Zustand sind, sind wohl auf das Ende des 16./Anfang des 17. Jahrhunderts zu datieren.

„Kommen Sie in drei Tagen wieder“ sagt de Neve zu dem Fremden. „Dann kann ich Ihnen sagen, was ich Ihnen dafür geben kann.“ Wortlos nickt der Fremde und verschwindet kurze Zeit später im Regen von Antwerpen.

De Neve schließt seinen Laden, verpackt die einzelnen Münzen nun noch vorsichtiger und zieht sich zwecks genauerer Expertise in den hinteren Bereich seines Geschäfts, der mit einem hinter einer Geheimtür versteckten weiteren Raum ausgestattet ist, zurück.

Kurze Zeit später verlässt er eilends sein Geschäft. Bereits einige Stunden später wissen ausgewählte Sammler auf der ganzen Welt, dass ihre Kollektion um sehr seltene Stücke aufgehübscht werden kann.

13

Die Martinskapelle mit ihrer umgebenden Mauer und dem heute nicht mehr erkennbaren Friedhof liegt nur wenige Meter vor ihnen. KHK Müller ist völlig außer Atem, als er nach dem kurzen Aufstieg von der Straße nach Mönchzell, die völlig ideenlos die Bezeichnung K4178 trägt, in Höhe einer freigelegten Quelle stehen bleibt. „Warum haben wir nur nicht den ebenen Weg von gestern genommen?“ fragt er Rike Klein, die durch ihren regelmäßigen Sport ohne jede Anstrengung die kleine Höhe erklommen hat. „Zum einen, weil wir unseren Tatort aus allen möglichen Perspektiven sehen sollten und zum anderen, weil vielleicht Täter und Opfer auch hier hochgelaufen sind.“ „Das ist nicht zu vermuten. Ein unten geparktes Auto fällt mehr auf als in der Martinsstraße, erst recht, wenn dann noch ein Metalldetektor ausgeladen wird“ gibt Müller seine Einschätzung von sich.

Gemeinsam betreten sie nun durch den einzigen Eingang das Rund der Außenmauer. Die Absperrungen von Polizei und Feuerwehr sind inzwischen wieder entfernt, die frischen Blätter des mächtigen Ahorns und die zahlreichen zwitschernden Vögel verleihen diesem Ort eine wunderbare Stimmung. „Hier ist es wie auf einer Insel“ zieht Rike Klein einen Vergleich. „Alles herum fällt von einem ab. Der Ort strahlt eine magische Ruhe und Geborgenheit aus. Einfach wunderbar. Und dennoch ist hier jemand grausam umgebracht worden. Und wir wissen noch immer nicht, wer der Tote ist, warum er gestorben ist und vor allem, wer als Täter überhaupt in Frage kommt.“

Sie schauen sich nochmals über eine Stunde am Tatort um. Ein zufällig mit zwei großen und auffälligen Jagdhunden der Rasse „Englischer Springer Spaniel“ an der Kapelle vorbeikommender Mann grüßt sie freundlich, doch sie sind so in ihre Aufgabe vertieft, dass sie nicht einmal das wahrnehmen.

Auf der Rückfahrt ins Büro schweigen beide. Zu bedrückend ist die Feststellung, dass beim jetzt anstehenden Rapport bei Bauer außer Vermutungen kein einziger Ansatzpunkt für die weitere Ermittlungsarbeit vorzeigbar ist.

14

Als die beiden von dem sehr unangenehmen Termin mit Kriminalrat Bauer und Staatsanwalt Knopf zurückkommen, wartet bereits ihr Assistent Daniel Schubert auf sie. „Sie hatten mich gebeten zu erforschen, was möglicherweise in Meckesheim vergraben sein könnte. Nun, konkret gefunden habe ich nichts, aber drei Anlaufstellen, die uns vielleicht weiterhelfen können.“ Klein und Müller hören gespannt zu, was ihr Assistent weiter zu berichten hat. „Zum einen ist eine mögliche Anlaufstelle das Generallandesarchiv in Karlsruhe, welches Teil des Landesarchivs Baden-Württemberg ist. Daneben gibt es noch die umfangreiche Bibliothek der Deutschen Nationalbibliothek in Frankfurt und Leipzig. Diese sammelt zwar erst die erschienenen Publikationen ab 1913, aber natürlich gibt es auch hier Quellen, die tief in die Vergangenheit zurück reichen.“

„Aber wie sollen wir in diesen Massen an Werken Hinweise finden?“ Rike Klein sieht sich innerlich schon für Monate zwischen kilometerlangen Bücherregalen verschwinden.

„Nun, die haben eine halbwegs brauchbare Stichwortsammlung und dann gibt es ja noch die Kirchen“ beantwortet Schubert die aufgeworfene Frage. „In vielen Kirchenbüchern gibt es nicht nur Hinweise auf die getauften und gestorbenen Menschen, sondern viele Pfarrer haben auch die Besonderheiten im jeweiligen Jahresverlauf festgehalten. So wissen wir heute mehr über das Leben und die Sorgen der Menschen aus den Kirchenbüchern als aus vielen anderen Quellen. Die damaligen Pfarrer waren oft die einzigen im Dorf, die in der Lage waren, schriftliche Aufzeichnungen zu führen.“

„Gut, das hilft uns ja schon mal weiter. Schubert, Sie kümmern sich um die Deutsche Nationalbibliothek. Sie, Klein, nehmen Kontakt mit dem Generallandesarchiv auf und ich kümmere mich um die Kirchenbücher. Mal sehen, ob uns das voranbringt.“

Während Schubert mit seinem Auftrag in erster Linie in die Digitale Welt der Deutschen Nationalbibliothek abtaucht, sind die Aufgaben für Klein und Müller mit eher analoger Recherchearbeit verbunden.

Die Suche nach Hinweisen in den Kirchenbüchern erwies sich bereits nach einigen Telefonaten und einem abschließenden Gespräch mit dem örtlichen Pfarrersehepaar und zwei Kirchenältesten als wenig hilfreich. Meckesheim war im Zuge der Reformation im 16. Jahrhundert protestantisch geworden. Unterlagen der katholischen Kirche aus der Zeit davor wurden wohl im Zuge der damaligen Unruhen vernichtet. Zweihundert Jahre später wurden beim bereits bekannten Meckesheimer Dorfbrand 1722 nicht nur die Kirche, sondern eben auch die damals vorhandenen Kirchenbücher größtenteils zerstört. Vereinzelt gibt es genealogische Nachweise über in Meckesheim wohnende Bürger, diese sind jedoch sehr lückenhaft und lassen keine Hinweise auf ein mögliches Geheimnis zu.

So wird die Frage, was der Tote wohl auf der Kapelle gesucht haben könnte, immer mehr zum Mysterium. Eine letzte Hoffnung verbindet Kriminalhauptkommissar Müller noch mit einem Besuch im Generallandesarchiv Karlsruhe. Ein erstes Telefonat mit einem dortigen Archivar war an dessen Bereitschaft gescheitert, ohne konkrete Hinweise tief in den Archiven zu forschen. Deshalb hat er für morgen einen Termin mit dem dortigen Abteilungsleiter vereinbart. Aber bevor Rike Klein und Müller die Fahrt über die wie immer brechend volle A 5 nach Karlsruhe antreten, gehen sie für heute in den verdienten Feierabend.

15

Es ist schon dunkel, als der freundliche, ältere Barkeeper in der „Bar d'Aix en Provence" seinen neuen Stammgast begrüßt. „Hallo, schön, dass Sie wieder bei uns sind. Möchten Sie wieder ein Glas von unserem Chardonnay genießen?" Dankbar für die nette Begrüßung und die Gewissheit, heute nicht mehr über Kirchenbücher, die Unfähigkeit festzustellen, wer der Tote ist oder vergrabene Geheimnisse nachdenken zu müssen, nippt sie einen ersten Schluck an dem trockenen Rotwein von der Cote d`Rhone.

„Ich heiße übrigens Rike" eröffnet sie dem Barkeeper, langsam davon überzeugt, dass sie in dieser Bar ihr künftiges Stammlokal gefunden hat. „Erik" tönt es von der anderen Seite der Theke herüber. „Das mit dem „Sie" können wir getrost bleiben lassen. Ich komme von einer kleinen Insel und da sind eh alle Insulaner per Du." Nach einem weiteren kleinen Schluck und dem Blick auf die heute angebotenen kleinen Tapas-Spezialitäten fällt Rike ein, dass sie außer einem schnellen Frühstück heute Morgen eigentlich kaum was gegessen hat.

„Was ist das denn Gutes?“ fragt sie den Barkeeper, der sich gerade als Erik vorgestellt hat. „Tapas nach Art des Hauses. Ist zwar eigentlich eine spanische Spezialität, passt aber hervorragend zu unseren Weinen und Gästen. Leicht, geschmackvoll und nicht zuletzt als Fingerfood genau recht, um sich weiterhin unterhalten zu können“ bewirbt er das Angebot, wobei Rike bereits jetzt das Wasser im Munde zusammenläuft. „Dann bitte einmal eine Auswahl für mich. Was genau bleibt dem Koch gerne überlassen“. Als sie gerade in das erste Tapa hineinbeißen will, geht die Türe auf und ein attraktiver Mann tritt ein, der von Erik als Michael begrüßt wird. Dieser Michael antwortet mit einem kleinen englischen Akzent und nimmt am anderen Ende der Theke Platz, um dann in einem Magazin die nächste Stunde zu verweilen.

16

Der Metalldetektor wird mit ruhiger Hand über das abschüssige Gelände geführt. Klaus aus Mannheim, Mitglied des Schifferstadter Schatzsucher Stammtischs, führt das Gerät mit viel Routine über das abschüssige Terrain. Den Kopfhörer aufgesetzt lauscht er intensiv den unterschiedlichen Tönen, das Display zeigt wellenförmige Bewegungen, ohne besonders in den für die Sucher auffälligen Bereich vorzudringen.

Es ist bereits Nacht und lediglich das beleuchtete Display des Detektors und der zunehmende Mond beleuchten die Szenerie im alten Steinbruch von Nußloch. „Hoffentlich hat mich und mein Auto keiner gesehen“ denkt Klaus, der seinen Wagen an der kleinen Landstraße zwischen Nußloch und Maisbach geparkt hat und die wenigen hundert Meter zum oberen Rand des Steinbruchs zu Fuß zurückgelegt hat.

Keine Sorgen macht ihm das Loch im Zaun des Steinbruchs, welches er mit einer speziellen Zange geschnitten hat.

Schließlich vermutet das dort kein Mensch und der Steinbruch ist - mit Ausnahme bei den Nusslocher Festspielen - nachts unbewacht. Lediglich Fledermäuse, die hier ein ständiges Quartier gefunden haben, sind die heutigen Begleiter seiner nächtlichen Aktivität.

Hinweise aus der Szene lassen ihn vermuten, dass am oberen Rand der Abbruchkante Fundstücke aus der Zeit der Römer zu finden sind. Die Bergstraße und damit auch Nußloch hatten in der Römerzeit unter der Bezeichnung „Strata montana“ strategische Bedeutung erlangt. Nach zwei Stunden bisher aber alles Fehlanzeige und Klaus muss aufpassen, dass er der gefährlichen Abbruchkante nicht zu nahekommt. Zu tief wäre der Fall und als Folge das, was ein Schatzsucher am wenigsten brauchen kann; Schlagzeilen in der Zeitung und folgend extrem unangenehme Gespräche mit der Polizei und den Konkurrenten von den Landesdenkmalämtern und archäologischen Einrichtungen. Sehen diese doch Schatzsucher wie Klaus nicht als Gehilfen an, sondern schlicht als

Räuber und Grabschänder, die nicht nur wertvolle Fundstücke ohne Herkunftsnachweis im Internet illegal verscherbeln, sondern mit ihrer Art der völlig unprofessionellen Ausgrabung auch Spuren der Historie unwiderruflich zerstören.

Klaus sieht das wie seine Freunde naturgemäß anders. Sie sichern Fundstücke, die sonst in der Erde den Weg alles Irdischen gehen würden. Und gleichzeitig sind seine Erlöse dringend notwendig, um die hohen Aufwendungen für die Suche zu finanzieren. Und die Regelung des Landes Baden-Württemberg zur Einrichtung eines „Schatzregals", d. h. der grundsätzlichen Bestimmung, dass alles, was in der Erde gefunden wird und von historischer Bedeutung ist, dem Land gehört, sorgen in der Szene nach wie vor für erhöhten Blutdruck. Aber sie können ja nicht alle Fundstücke nach Bayern, Hessen oder Nordrhein-Westfalen schaffen! Nur dort gilt nach wie vor das von Kaiser Hadrian geschaffene Recht. Dieses findet im heutigen § 984 BGB seine Fortsetzung und besagt, dass dem Finder wie dem

Grundstückseigentümer je die Hälfte des Fundes zusteht.

Was bleibt also übrig? Aus Sicht der Finder in den dreizehn anderen Bundesländern ist der Weg in die Illegalität vorgezeichnet. So sieht es auch Klaus, der jetzt seinen Akku im Detektor wechselt und in dieser kurzen Pause an seinen verschwundenen Freund Egon denkt.

„Was hast du nur getrieben, Egon?“ fragt er sich und beschließt, seinen Freund und Fahrensmann, der alleine zwischen hunderten Büchern und Magazinen in Wiesloch lebt, bei nächster Gelegenheit als vermisst zu melden.

17

Der voluminöse Zweckbau in der Nördlichen Hildapromenade 3 in Karlsruhe könnte vieles beherbergen. Eine Schule, Behörde oder das Bürgeramt dieser Fächerstadt. Aber die wenigsten würden wohl vermuten, dass hier ein nicht unerheblicher Teil des Gedächtnisses der historischen Geschehnisse in Baden und damit auch Teilen der Kurpfalz beherbergt ist. Rike Klein und KHK Müller treffen sich mit Harald Fink, einem leitenden Mitarbeiter des Archivs, in einem kleinen Leseraum, der der Bibliothek angegliedert ist. Müller hat ihn bereits bei der telefonischen Anmeldung informiert, dass sie auf der Suche nach Informationen sind, was denn bei der Kapelle in Meckesheim Wertvolles sein könnte.

Fink, ein sportlich gebliebener Endfünfziger, den man eher in einer Marketingabteilung als in einem Archiv vermuten würde, kommt braun gebräunt und gut gelaunt einige Minuten später als vereinbart. Freundlich begrüßt er die Heidelberger Besucher und bittet neugierig nochmals um Informationen, die ihm die Suche nach der Nadel im Heuhaufen erleichtern könnte.

„Wir wissen lediglich, dass der Tote mit einem Metalldetektor ausgestattet den alten Friedhof und das Areal um die ehemalige Kapelle durchsuchte. Möglicherweise hat der Detektor auch einen Fund angezeigt. Der Tote scheint danach gegraben zu haben und wurde vermutlich dabei oder kurze Zeit später vom Täter erschlagen“ fasst Müller die bisherigen Erkenntnisse kurz zusammen.

„Auch das Landesdenkmalamt konnte uns keine konkreten Hinweise geben. Bisher war die Kapelle nur für ein römisches Relief und mittelalterliche Tonscherbenfunde bekannt. Funde aus Metall oder sogar Schmuck sind dort für Meckesheim nicht registriert“ Rike Klein macht eine weitere stille Hoffnung des Archivar zunichte.

„Meine Kollegen und ich haben seit ihrem Anruf unser komplettes Hauptregister durchforstet. Wir können ausschließen, dass zur Zeit der Markgrafen von Baden, der Napoleonischen Herrschaft und auch der Zeit nach dem pfälzischen Erbfolgekrieg“ er unterbricht seine Ausführungen aufgrund des fragenden Gesichts von der jungen Kommissarin „entschuldigen Sie bitte - das war 1688 bis 1697 - für und in Meckesheim Funde zu erwarten sind. Damit bleibt eigentlich nur die Zeit vor 1688, und da müssen wir mit unseren Unterlagen eigentlich passen“ führt Fink seinen Besuchern weiter aus.

Er beschreibt noch die großen Probleme seines Archivs, ohne ausreichende Digitalisierung einen Überblick über die bei ihnen gesammelten Inhalte zu erhalten. Den Ermittlern wird dabei klar, dass für einen Austausch zwischen den einzelnen Behörden und Archiven die Digitalisierung noch in den Kinderschuhen steckt. Eine systematische Suche möglichst vieler Quellen ist im heutigen System der verschiedenen Behörden, privaten, kirchlichen und staatlichen Archiven nicht möglich.

Die beiden Ermittler sehen sich betroffen an. Somit war auch diese Hoffnung zerstäubt, verwertbare Informationen zu finden. Aber war es nur Zufall, dass der

Tote auf der Kapelle war und dort auch etwas gefunden hat? Eigentlich kaum zu glauben. Der Zufall, etwas Unerwartetes zu finden und sofort danach erschlagen zu werden, scheint doch etwas zu groß.

„Wer könnte uns vielleicht noch weiterhelfen?“ versucht Kriminalhauptkommissar Müller noch einen Rettungsanker zu werfen. „Nun, an Ihrer Stelle würde ich mich neben den Kirchen noch an die Universität in Heidelberg wenden. Kirchen schreiben seit mindestens fünfzehnhundert Jahren Welt- und Regionalgeschichte. Und die „Ruperto Carola“, also die 1386 gegründete Ruprechts-Karls-Universität in Heidelberg, hat die abwechslungsreiche Geschichte der Kurpfalz nebenbei archiviert. Ich muss das wissen, schließlich habe ich meinen Doktor in Geschichte an der dortigen Fakultät abgelegt“ endet Dr. Fink.

Nachdem sie das Generalarchiv und den netten Archivar verlassen haben, beschließen Müller und Klein, dem heutigen Tag doch noch etwas Gutes abzugewinnen. Gemeinsam gehen sie die wenigen Meter zum Karlsruher Marktplatz, bestaunen die dortige Pyramide und genießen dann an dem sonnigen Frühlingstag, der den nahenden Sommer erahnen lässt, einen sehr teuren, aber immerhin genießbaren Cappuccino. Während Rike Klein die Schicht aufgeschäumter Milch mit ihrem Löffel aufgreift, meint sie zu Müller:

„So müssen wir es eigentlich auch machen. Wenn ich es recht überlege, sind auch wir letztlich Archäologen. Wir graben vorsichtig die oberste Schicht der Erkenntnis an und arbeiten uns dann immer weiter vor. Und das, bis wir den Boden der Tasse und damit die unerschütterliche Wahrheit gefunden haben. Ich habe das Gefühl, dass wir in unserem Fall zumindest bald die oberste Schicht abgetragen haben.“ Mit einem Lächeln genießt sie den Löffel voll aufgeschäumter Milch und wischt sich links und rechts ihres aparten Munds den Schaum von den Lippen.

„Dann merken Sie sich mal den Spruch für den späteren Bericht bei unseren Chefs“ sprach Müller, bezahlt für beide und geht mit der Kollegin hinüber zum Schlossplatz, wo ihr Wagen im Parkhaus auf sie wartet.

18

„Isch dort die Kripo?“ tönt es im vollen Mannheimer Dialekt aus dem Hörer von Schuberts Diensttelefon. „Ja, der Deutsche Wetterdienst sicher nicht“ bellt er genervt zurück.

„Ihr sucht doch en dode – isch hab in vielleischt gfunne“ „Wie gefunden??“ echot es aus Schuberts Mund zurück. „Wir suchen keinen Toten, wir suchen die Identität eines Ermordeten. Wer sind Sie denn überhaupt?“

„Polizeimeischder Miller vum Revier Neckarschtadt-Wescht“ kommt prompt die Antwort. Schubert weiß aus eigener Erfahrung, dass das Polizeirevier Mannheim, Neckarstadt-West, eines der schillerndsten Reviere in ganz Baden-Württemberg ist. Hier gibt es alle Arten von Kriminalität. Das Beherrschen vieler verschiedener Sprachen erleichtert den Polizisten die Arbeit vor Ort. Eine gewisse Bodenständigkeit und Verwurzelung mit dieser Metropole der Kurpfalz hilft, die besonderen Herausforderungen in diesem Stadtteil zu meistern. Nun, bodenständig war der Kollege am Telefon auf jeden Fall und aus Gründen der besseren Lesbarkeit für Nicht-Kurpfälzer sei das folgende Telefonat zusammengefasst.

Polizeimeister Müller berichtet Schubert, dass ein gewisser „Egon aus Wiesloch“ vermisst gemeldet worden sei. Während seiner Schicht habe ein vermutlich älterer Mann angerufen und seine Sorge über das Verschwinden seines Freundes ausgedrückt. Der Egon sei öfters alleine im Feld unterwegs gewesen und sei, entgegen allen Gewohnheiten, jetzt schon zweimal nicht zum Stammtisch aufgetaucht. Komisch war, dass der Anrufer keine Angaben zu seiner eigenen Person machen wollte und wohl aus einer der wenigen öffentlichen Fernsprecher, die noch im Bereich der Alten Feuerwache zu finden sind, angerufen hat.

Von der Beschreibung passe dieser Freund genau zu der Beschreibung des Toten, dessen Identität auch noch nach Tagen ungeklärt sei. Und deshalb habe Müller sich gleich gemeldet, auch wenn außer dem Vornamen und dem Wohnort Wiesloch nichts bekannt sei.

Kaum zurück von Karlsruhe erreicht auch Müller und Rike Klein die Neuigkeit. Beim Aufbruch zum täglichen Bericht bei Kriminalrat Bauer und Staatsanwalt Knopf meint der Kriminalhauptkommissar „Die Milch ist weg, jetzt können wir schon etwas im Kaffee rühren." Lächelnd schreitet er schnell die Stufen zu seinen Vorgesetzten hinauf.

„Und somit haben wir einen möglichen Anhaltspunkt, wer der Tote bei der Kapelle sein könnte" gibt Müller wenig später zum Abschluss seiner Ausführungen gegenüber Kriminalrat Bauer und Staatsanwalt Knopf seiner Hoffnung Ausdruck. „Ja dann ran!" fordert Bauer Kriminalhauptkommissar Müller und seine Kollegin auf, schnellstmöglich vorzeigbare Resultate zu bringen. Zu gut sind ihm die heutigen Schlagzeilen der Presse von Rhein-Neckar-Zeitung bis Bild in Erinnerung, die mehr oder wenig kritisch die bisherigen Ermittlungen hinterfragen. Und nachdem auch der Innenminister im fernen Stuttgart die Schlagzeile „Schläft unsere Polizei oder was machen die gerade?" gelesen hatte, hat er diese Frage dem Polizeipräsidenten im etwas näheren Mannheim wohl im Originalton ebenfalls gestellt.

Und bei dem Gedanken an den O-Ton für die heutige Abendschau im SWR, den der Polizeipräsident an Kriminalrat Bauer delegiert hat, wird diesem auch nicht gerade wohler.

Schnell verlassen die beiden Ermittler das förmlich Angstschweiß ausströmende Büro ihres Chefs und sind froh, als sie ihr eigenes Reich betreten. Hier wartet schon Schubert, der berichtet, dass er Kontakt mit dem Wieslocher Polizeirevier wegen „Egon" aufgenommen hat. Und die dortigen Kollegen konnten weiterhelfen. Es gibt in der dortigen Gerbersruhstraße tatsächlich einen Egon, der dadurch aufgefallen war, dass er einmal mit einem Metalldetektor im Bereich des Heidelberger Heiligenwaldes erwischt wurde. Seiner damaligen Aussage, er habe einen Schlüssel verloren und sei auf der Suche nach ihm, haben die Kollegen damals keinen Glauben geschenkt. Folglich haben sie eine Anzeige wegen unerlaubten Grabungen geschrieben. Aber Anzeige und daraus folgende strafrechtliche Folgen blieben aus. Die Staatsanwaltschaft hatte diese wegen Geringfügigkeit eingestellt.

„Damit ist klar, dass unser nächster Weg nach Wiesloch führt“ fasst Müller zusammen. „Aber zuerst machen wir Feierabend“ ist die sofortige Erwiderung von Rike Klein und ihre strahlenden Augen und der keinen Widerspruch zulassende Ton der Aussage lassen keine weitere Diskussion darüber zu.

19

„Na, waren unsere Tapa so gut“ begrüßt Erik der Barkeeper Rike, und ist somit der erste Bekannte von Rike in ihrer neuen Heimat. „Ja, und die Unterhaltung mit Dir ist ja auch ganz nett“ gesteht sie sich ein, dass sie nicht nur wegen des guten Rotweins den Weg hier in die Bergstraße wiederum gefunden hat.

In dieser kleinen Heidelberger Bar, abseits vom Trubel in der von Touristen gefluteten Altstadt, ist es Erik gewöhnt, dass Menschen gerne wiederkommen und mit der Zeit ein geradezu freundschaftliches Verhältnis entsteht. Das war irgendwie auch der Grund, dass er in seinem Beruf von der Partymeile der Unteren Neckarstraße hierher nach Neuenheim wechselte. Ursprünglich die Kurzzeit-Vertretung für einen erkrankten Kollegen wurde ihm schnell klar, dass dieses Milieu und die damit verbundene Stimmung genau das war, was er eigentlich in seinem Beruf gesucht hat. Und so sind aus den ursprünglich geplanten zwei Wochen Vertretung inzwischen eine über zwanzigjährige

Beziehung zu der kleinen Bar und ihren Gästen entstanden.

Die wichtigste Eigenschaft eines Barkeepers ist die Fähigkeit, zuhören zu können. Was hat er in dieser Zeit nicht alles durch reines Zuhören erfahren? Zweifel an neuen Forschungsergebnissen, die die interessierte Öffentlichkeit später als „Heidelberger Bluttestskandal“ wahrgenommen hat, Ansagen über das Karriereende von Abgeordneten und natürlich auch immer den neuesten Tratsch über das Leben von B- und C-Promis, die häufig kaum noch die Miete für ihre Lofts in der Neuenheimer und Ziegelhäuser Landstraße aufbringen können.

So ist Erik natürlich auch gespannt, was er wohl über den neuen attraktiven Stammgast erfahren wird. Wie jeder gute Barkeeper paart sich in seinen Eigenschaften ein gutes Stück Neugierde mit einem ausgeprägten Gedächtnis für Namen und Geschichten.

Beiläufig erkundigt sich der Gast, Erik kann sich natürlich an den Namen Rike erinnern, ob denn der nette Engländer vom letzten Mal auch wieder hier sei. Erik entgegnet, dass Michael, ein gebürtiger Engländer, der im Rahmen eines Uni-Austausches mit Oxford hier hängen geblieben ist, regelmäßiger Gast sei. Michael, Historiker und heute Lehrer am Heidelberg College in Neuenheim, lebt schon einige Zeit an der Stadt am Neckar. Was Erik Rike verschweigt ist natürlich die Information, dass der Grund seiner damaligen Entscheidung hier zu bleiben jung, attraktiv und weiblich war. Nun, Michaels Liebe zu der Schönen von damals ist vergangen, aber die Liebe zu Heidelberg ist wie bei vielen anderen geblieben.

Während Rike einen Schluck von Eriks empfohlenen Cabernet Sauvignon aus der Cote d`Provence probiert, sieht sie immer wieder in Richtung der Eingangstüre. „Ist schon komisch“ denkt sie, „kaum hat man auch nur drei Blicke mit einem fremden Menschen ausgetauscht, schon ist das erste Kribbeln im Bauch erwacht.“ Erik stellt ihr noch das zu dem Wein bestellte Mineralwasser aus dem Odenwald auf den Tisch und vermerkt nebenbei, dass

Michael meist erst gegen 21.30 Uhr die Bar betritt. Kurz glühen die Augen seines Gastes auf und Rike stellt trocken fest: „Ja dann sollte ich vielleicht noch in Ruhe was essen."

Der Rest des Abends ist schnell erzählt. Die Kleinigkeit, die die Küche der „Bar d'Aix en Provence" zubereitet hat, war wunderbar. Die Laune von Rike besserte sich zusehends und spätestens, als Michael kurz nach 21.30 Uhr den Eingang der Bar betritt, sind der Tote aus Meckesheim und der geheimnisvolle Egon aus Wiesloch nur noch Randfiguren, für die Rike heute jegliches Interesse verloren hat.

20

Es regnet noch immer in Flandern. Ulrik de Neve hat zwei turbulente Tage erlebt. Noch nie hat sein Angebot im Darknet, welches inzwischen nicht mehr über Server an der Mosel sondern in Übersee gesteuert wird, eine derartige Resonanz hervorgerufen. Besonders die zwei zehnfach Golddukaten von 1592 im Top-Zustand ziehen die Sammler an wie die sprichwörtlichen Motten das Licht. Während einige der anderen Münzen lediglich Gebote im drei- und vierstelligen Bereich erzielen, gibt es einen Chinesen und einen Russen, die für die Golddukaten jeweils zweihundertzwanzigtausend Euro geboten haben. Das sind mindestens siebzigtausend mehr, als de Neve in seinen kühnsten Träumen erwartet hat.

Nach dem Besuch von „Wallenstein“ und nachdem die ersten, unerwartet hohen Gebote eingegangen sind, hat de Neve die Münzen aus seinem Geschäft in sein „Safe House“, das er für besondere Lieferungen in einem ehemaligen Industriegebiet bereits seit Jahren in einem Antwerpener Vorort angemietet hat, verlagert. Das alte, von außen gesehen beinahe baufällige Haus, indem niemand eine stille Alarmanlage und einen im Gebäude fest verankerten hochgesicherten Tresor der Sicherheitsstufe 5 erwarten würde, wird von niemandem außer de Neve jemals betreten. Eine ganze Armada von durch moderne Haustechnik gesteuerten Leuchten täuschen für jeden ein lebhaftes Treiben in dem Haus vor. Hier hat de Neve dann auch die Bilder gemacht, die für diesen Kaufrausch im Darknet gesorgt haben. Und hier hat de Neve auch seinen Entschluss gefasst, die Möglichkeit beim Schopfe zu packen und beim Deal mal richtig abzusahnen.

Als Wallenstein auf sein Geschäft zusteuert, erkennt de Neve ihn auf Anhieb.

21

Zur gleichen Zeit, die jedoch auf der Uhr eine Stunde zurück liegt, klingelt im englischen Devon, genauer gesagt im dortigen kleinen Seebad Paignton, ein bereits in die Jahre gekommenes Festnetztelefon. Ein ebenso in die Jahre gekommener Endsechziger mit Namen Steve McNamara schaut missmutig auf das Gerät. „Normalerweise kommen um die Uhrzeit nur Katastrophenmeldungen" denkt er noch, dann überfällt ihn ein Wortschwall, den er auch nach fünf Minuten kaum bremsen kann.

Steve McNamara kennt den normalerweise stark introvertierten Michael Bannings schon seit dessen Studienbeginn in Oxford. Bannings war für ihn, der schon seit geraumer Zeit nach einem geeigneten Nachfolger für seinen dortigen Lehrstuhl in Geschichte Ausschau hielt, die Hoffnung schlechthin. Intelligent, strebsam, eifrig und mit einem glasklaren Verstand und einer Aura ausgestattet, die andere Kommilitonen und später die Studierenden in Massen zu ihm und seinem Wissen hin zog. Bereits nach zehn Semestern schloss er das Geschichtsstudium mit einem Abschluss ab, der in Deutschland am ehesten dem „Summa cum laude" entspricht. Zwei Jahre später hatte er mit 26 Jahren bereits einen Doktortitel abgelegt, unterrichtete zahlreiche Studierende und war auf dem Weg, einer der jüngsten Professoren zu werden, die in Oxford eine sichere und herausragend dotierte Stelle antreten können. Umso härter war es für die Uni und auch McNamara selbst, als ihr Schützling und Hoffnungsträger von einem Austausch mit der Universität Heidelberg nicht mehr nach England zurückkam. Die Liebe und offensichtlich auch die weniger steife Lebensart hatten in der Kurpfalz zugeschlagen. Und so verlor die Universität Oxford einen ihrer größten Hoffnungen am historischen Forschungshimmel.

Obwohl sein Mentor die persönliche Entscheidung von Michael Bannings nie nachvollziehen konnte, war die Verbindung zwischen ihnen nie abgebrochen und Steve McNamara war weiterhin ein väterlicher Freund für ihn geblieben.

So war es dieser väterliche Freund, der eine ganze Salve von „She`s wonderful", „She`s magic" und „She`s lovely" über sich ergehen lassen musste, bevor er überhaupt selbst zu Wort kam. Nachdem die erste Welle an Begeisterung etwas abgeebbt hatte, war für McNamara klar, dass sich sein Schützling wohl Hals über Kopf in eine junge Dame verliebt hatte. Diese war intelligent, charmant, gutaussehend, zauberhaft und liebenswert. „Eigentlich erstaunlich diese Feststellung" denkt McNamara "wenn mein Michael nicht mal den Mut aufgebracht hat, auch nur ein einziges Wort mit ihr zu wechseln."

Mit diesem Gedanken nimmt er seinen Trenchcoat vom Haken, zieht ihn über, um dann die wenigen Schritte über die an der Vergnügungspier angrenzende Straße zu gehen und sich am Strand den Wind um die Nase wehen zu lassen.

22

Ebenfalls zur gleichen Zeit passieren Klaus Müller und Rike Klein von Heidelberg kommend das Ortsschild von Wiesloch. Bevor der ältere Kollege auf den dort seit Jahrzehnten stehenden Blitzer aufmerksam machen konnte, ist die Nordfriesin, inklusive eines Nachweises über die gefahrene Geschwindigkeit, bereits fotografiert. Immer noch einen Fluch auf den Lippen biegt sie wenig später rechts in die Gerbersruhstraße ein.

Hier soll in einem der ersten Häuser Egon Fischer wohnen. Der polizeibekannte, vermutlich umgebrachte Mann ist in seiner Wohnung alleine gemeldet. Der im Vorfeld von ihrem Assistenten Schubert bestellte Hausmeister steht bereits vor dem Haus und wartet auf die Ermittler der Kripo mit sichtbarer Anspannung.

„Der Fischer wird von der Polizei gesucht, ich kann`s nicht glauben“ begrüßt er Rike Klein, die noch immer vom gerade gemachten Foto angefressen und noch nicht richtig aus dem Auto ausgestiegen ist. „Rufen Sie es doch am besten gleich per Lautsprecher aus“ fährt Müller den Hausmeister an. „Und jetzt gehen Sie mal schön mit uns ins Haus und öffnen die Wohnung. Hier ist der entsprechende richterliche Beschluss.“

Das wie sie jetzt erkennen zweistöckige Haus ist in die Jahre gekommen. Fischer steht auf der alten Klingel, die auf das Dachgeschoss als Wohnung hinweist. Während der Treppenaufgang zum ersten Obergeschoss blitzblank geputzt ist, stapeln sich auf dem weiteren Weg nach oben überall Kartons und Holzkisten. Dazwischen ist ein kleiner Durchgang frei, bei dem selbst Klaus Müller mit seiner Schuhgröße 44 Probleme hat, auftreten zu können. Der Hausmeister geht schimpfend voran und ruft ständig: „Und wer muss diesen Scheiß wieder ausräumen. Ich, und der Fischer macht sich einfach davon.“ Oben angekommen öffnet er mit seinem Zweitschlüssel die Tür. Bevor er einen Schritt in die Wohnung machen kann, hält ihn Rike Klein davor zurück.

Was Müller und Klein daraufhin vorfinden verschlägt ihnen den Atem. Die ehemals wohl großzügige Dreizimmer-Dachgeschosswohnung mit geschätzten 70 m^2 ist voll Kisten und Behältern. Auf dem kurz vor dem Zusammenbrechen stehenden Küchentisch stapeln sich unzählige Ausgaben des „Schatzjäger-Magazins“ und unzählige ausgeschnittene und teils vergilbte Artikel aus dem „Butznickel“ und der „Schatzsucher-Zeitung“. Es sieht beinahe so aus, als habe Egon Fischer das regelmäßige Essen eingestellt und habe die Artikel, die sich in erster Linie an sogenannte Sondengänger richten, geradezu als Ersatz verschlungen.

An der Wand hängt eine wohl an historischer Stätte aufgenommene, bereits etwas vergilbte Fotographie. Für Müller und Klein ist es jetzt weniger wichtig, wo das Bild entstanden ist. Was sie jedoch sofort erkennen ist, dass der Mensch auf dem Bild eindeutig auch der Tote von der Martinskapelle ist.

„Ist das Herr Egon Fischer?“ fragt Kriminalhauptkommissar Müller den Hausmeister mit dem Bild vor der Tür.

Dieser bestätigt mit einem eindeutigen Nicken und fügt hinzu: „Und wenn ich den nochmals in die Finger kriege, kann er was erleben.“

„Nun erleben wird er voraussichtlich nicht mehr viel“ nimmt Müller dem eine Herkulesaufgabe bevorstehenden Hausmeister jegliche Hoffnung.

„Sie können jetzt gehen und lassen uns einen Schlüssel für das Haus und die Wohnung hier. Wir schauen uns noch etwas um und versiegeln anschließend die Räume. Morgen früh kommt ein Team von Kriminaltechnikern hierher. Deren Chef heißt Hakan Yildirim. Niemand betritt die Räume, bis er dies ausdrücklich erlaubt.“

Wenig begeistert verlässt der Hausmeister den Ort des Geschehens. Müller und seine Kollegin nehmen die Wohnung nochmals intensiv unter die Lupe.

„Auffallend ist, dass wir weder Rechner noch Laptop oder Drucker hier finden können. Und das, obwohl auch einige Ausdrucke aus Online-Magazinen hier rumliegen. Wenn einer dieser

„Sondengänger“ recherchiert, dann ist das doch heute ohne Online-Nachforschungen undenkbar“ stellt Rike Klein nach einer längeren Zeit der Suche auf, unter und zwischen den Unterlagen fest.

„Und über die Gründe können wir nur spekulieren. Warten wir mal ab, was die Yildirim-Truppe noch herausfindet. Fürs erste wissen wir jetzt auf jeden Fall mal, wer unser Tote ist. Und das ist eigentlich nicht schlecht für heute. Wir machen jetzt hier Schluss, auf der Rückfahrt rufe ich Bauer an und Sie schauen, dass Sie nicht schon wieder geblitzt werden“ mit diesen Worten beginnt Müller die Wohnung zu versiegeln und Rike Klein fragt sich, wie oft sie sich das mit dem zu schnellen Fahren noch anhören muss und ob der nette Engländer, mit dem sie aber wegen ihrer Schüchternheit noch nie ein Wort außer „Hallo“ gewechselt hat, auch heute wieder im „Aix-en-Provence“ anzutreffen ist.

23

Heute schließt de Neve pünktlich sein Diamanten-Handelsgeschäft um 19 Uhr. Seiner Frau hat er bereits Bescheid gesagt, dass es heute später wird. Sie hat es wie immer klaglos hingenommen. Wahrscheinlich fragt sie sich wieder einmal, ob der Grund für das späte Nachhausekommen der Verkauf eines schönes Diamantencolliers oder die Dame ist, die ein Collier und anderes von ihrem Mann mit Leidenschaft empfängt.

De Neve ist es heute egal. Während er sich in seinem älteren, top gepflegten Jaguar 12 Zylinder auf die fast halbstündige Fahrt zu seinem „Safe House" in dem etwas heruntergekommenen Vorort von Antwerpen macht, lässt er das Gespräch mit Wallenstein Revue passieren.

Natürlich war Wallenstein erzürnt, als ihm de Neve erklärte, dass er bei weitem nicht die 30 % des Wertes für übliche Hehlerware zahlen könne. Es sei sehr schwierig, die Münzen an den Mann zu bringen. Es gäbe nur wenige Sammler solch spezieller antiker Münzen, die bereit sind, auch „heiße“ Ware anzunehmen. Und diese wüssten, welches Risiko damit verbunden sei. Außerdem seien besonders die zwei zehnfachen Dukaten zwar ohne Zweifel außerordentlich viel Wert, aber kein Mensch würde die zu einem anständigen Kurs kaufen. Die Stephansgulden aus Metz und die Dukaten aus Zwolle seien wohl eher Allerweltsware. Und hier habe er einige Gebote von je unter 500 € bekommen.

De Neve lächelt in sich hinein, als er sich an das erst ungläubige und dann heftig schwitzende Gesicht von dem Alias-Wallenstein erinnert. Er krächzte nur noch die Frage „Wie viel?“ und als Ulrik de Neve dann „für alles zusammen dreißigtausend“ sagte, war eisige Stille eingetreten.

Als Wallenstein dann geradezu bettelnd vierzigtausend forderte wusste de Neve, dass er gewonnen hatte. Sie einigten sich auf fünfunddreißigtausend. Der Diamantenhändler mit Nebenverdienst blätterte ihm das Geld auf den Tisch und wenige Sekunden später war Wallenstein im Regen von Antwerpen verschwunden.

„tot ziens en heel erg bedankt" zu Deutsch „Auf Wiedersehen und herzlichen Dank" schallte der fröhliche Ruf von de Neve noch lange in Wallensteins Ohren nach.

Als de Neve sein „Safe House" erreicht hat, kann er der Verlockung nicht widerstehen. Sein erster Gang nach dem Ausschalten der Alarmanlage führt ihn direkt zum Tresor. Mit zittrigen Händen holt er die einzeln verpackten Münzen heraus, wiegt sie in seinen Händen und murmelt vor sich hin „das hast du einfach klasse gemacht". Nach einem letzten Blick auf die Gebote im Darknet bestätigt er die höchsten Gebote, verpackt die einzelnen Münzen sorgfältig und organisiert per Kontakt mit einem weiteren Mittelsmann, dass die Münzen an Zoll und anderen Behörden vorbei per Bote die zahlungskräftigen Kunden, die natürlich Vorkasse in Bitcoin geleistet haben, in aller Welt bereits ab dem nächsten Tag erreichen.

24

Die Abendgestaltung unserer beiden Ermittler verläuft heute sehr unterschiedlich. Während der 50jährige Klaus Müller auf Druck seiner Frau Anne den Elternabend im Neckargemünder Max-Born-Gymnasium besucht, um sich über die Sorgen und Nöte der Lehrer mit seiner Tochter Lena zu erkundigen, sitzt Rike vor dem heimischen Ganzkörperspiegel und zieht bereits seit einer halben Stunde eine eigene Modenschau durch. Sportlich, jugendlich, aufreizend oder doch eher leger? Das sind Fragen, die ihr seit Stunden durch den Kopf gehen. Ist sie doch entschlossen, dem bisher sprachlosen Zustand mit dem Engländer ein Ende zu setzen.

Gegen 21 Uhr setzt sie sich in der Häuserstraße auf das Rad. Heidelberg ist eigentlich mit einem schönen, warmen und wenig regnerischen Klima gesegnet. Aber heute ist Rike Klein schon bei Erreichen des Bismarckplatzes in der Stadtmitte völlig durchnässt. Und als sie noch an einer Ampel stehend von einem viel zu schnell vorbeifahrenden Auto von vorne nassgespritzt wird, sind ihre hübsche Garderobe und Frisur deutlich in Mitleidenschaft gezogen.

Erik, Barkeeper und inzwischen eigentlich auch ihr Vertrauter, erweist sich als echter Kavalier. Innerhalb weniger Minuten ist sie vollends mit Handtüchern, einem Haartrockner, frischen Socken und einem Paar drei Nummern zu großer Sandalen versorgt. Als er dann einen der bekanntesten Drinks der Bar, nämlich einen Jungle Bird (Rum, Campari, Ananassaft und Limejuice) kredenzt, ist der Abend fürs Erste gerettet.

Erik erkundigt sich, wie der Tag gelaufen ist und Rike Klein berichtet von deutlichen Fortschritten. Der Barkeeper verspürt, dass sie heute hoffnungsvoll klingt. Er spürt aber auch, dass sich ihre Aufmerksamkeit mehr und mehr von ihm ab- und zu der Eingangstür hinwendet.

Jetzt geht die Tür auf, zu sehen ist aber nicht der offensichtlich erhoffte Engländer, sondern ein Rudel asiatischer Touristen, die schon beim Eintreten lauthals nach „german beer“ rufen. „Das kann ja heiter werden“ denkt Erik, sich an die Zeit erinnernd, an der solch Gejohle nicht die Ausnahme, sondern in der Unteren Neckarstraße eher die Regel war.

Nachdem Rike sich unzählige Komplimente über ihr Aussehen, ihre Kleidung und andere intime Details von den Touristen anhören musste, beschließt sie, dem Barbesuch für heute ein Ende zu setzen. Als sie in der Häuserstraße wieder ankommt, ist sie nochmals triefnass. Vor dem Spiegel sagt sie sich „Vielleicht habe ich den Tag doch zu positiv gesehen“, schlüpfte in ihren bequemsten Pyjama und versinkt wenige Minuten später in einen komaähnlichen Schlaf.

25

„Und so sind wir überzeugt, mit Egon Fischer aus Wiesloch unseren Toten identifiziert zu haben. Gleichzeitig gehen wir davon aus, dass er an der Martinskapelle mittels Sonde nach metallischen Gegenständen gesucht hat" beschließt Müller am nächsten Morgen kurz nach 8 Uhr den gemeinsamen Bericht der Ermittler bei ihren Vorgesetzten.

Staatsanwalt Walter Knopf und Kriminalrat Hans Bauer hörten gebannt den Ausführungen zu. Anerkennend nickt Knopf zu den Ermittlern: „Das sind jetzt endlich mal Ergebnisse und keine Vermutungen. Machen Sie weiter so und halten Sie uns auf dem Laufenden. Und kriegen Sie raus, was der Tote dort gesucht hat. Das ist vielleicht der Schlüssel zu dem Täter."

„Oder der Täterin" wirft Rike Klein ein. Das sollten wir nicht von vorneherein ausschließen. „Da haben Sie natürlich recht" tönt es von Seiten des Kriminalrats, der froh ist, auch einmal was in dieser Sitzung gesagt zu haben.

„Und was machen wir jetzt?“ Fragend sieht Rike Klein ihren älteren Kollegen an. „Kaffee trinken am Automaten“ sagt dieser trocken. Eigentlich braucht er jemanden, mit dem er mal über seine Tochter reden kann.

„Zusammenfassend ist sie intelligent, unmotiviert, ständig am Handy klebend, auf Schönheit bedacht und stinkfaul, was alle schulischen Fächer außer Sport angeht“ hilflos blickt Müller in das lachende Gesicht seiner Kollegin. „Das ist genau das gleiche, was meine Lehrer meinen Eltern im Alter von 16 Jahren auch gesagt haben“ gluckst sie hervor. „Und da aus mir auch was geworden ist, sollten Sie cool bleiben und einfach etwas lockerer damit umgehen. Und damit lassen Sie uns doch noch etwas über den Fall reden.“

Kaffeeautomaten sind in allen Büros der Welt die zentralen Treffpunkte. In der Heidelberger Polizeidienststelle gilt dies vielleicht deshalb in besonderem Maße, weil der Automat nicht nur gelegentlich, sondern eigentlich im Dauerzustand defekt ist. Statt Kaffee kommt heißes Wasser, statt aufgeschäumter Milch heiße Luft und manchmal kommt das richtige Getränk, aber leider kein Becher, um dies aufzufangen. So ist es kein Wunder, dass nach kurzer Zeit nicht nur Müller und Klein, sondern auch der nach Wiesloch fahrende Yildirim und der Kriminalassistent Schubert gemeinsam versammelt sind.

„Und nach was soll ich genau schauen?“ erkundigt sich der Kriminaltechniker zwischen zwei Schluck des heute lauwarm aufgebrühten Kaffees. „Nach allem, was uns eine Hilfe sein kann zu erkennen, was er dort gesucht oder auch gefunden hat. Daneben alle Hinweise auf Familie, Freunde oder Kumpels. Datenträger, irgendwelche Aufzeichnungen, zu Deutsch - das ganze Programm eben“ gibt Müller eine klare Vorgabe. „Und mündlicher Bericht schnellstmöglich an Schubert, schriftlich später an uns alle.“ „Alles klar Chef! Und die Gummistiefel wegen dem Zustand der Bude habe ich auch dabei. Also bis später dann.“ Mit angewidertem

Gesicht schüttet er den letzten Schluck Kaffee in den Überlauf des Geräts, wirft den Becher in den Mülleimer und zündet sich beim Hinausgehen eine Zigarette zur Beruhigung an.

„Und wir machen jetzt mal einen Cut, das heißt, wir ordnen mal unsere Gedanken und stimmen unsere nächsten Schritte ab."
„Alles klar Chef!" imitieren Klein und Schubert den gerade abgetretenen Hakan Yildirim und beeilen sich, hinter Müller die wenigen Stufen in ihre Büros herzukommen.

26

Die Adresse Friedrichstraße 10 in Meckesheim verbirgt ein Gebäude mit bewegter Geschichte. Unzählige Generationen von Kindern besuchten hier bis in die sechziger Jahre des zwanzigsten Jahrhunderts die Schule. Später zogen erste Mitarbeiter des Rathauses ein. Das gegenüber liegende, um siebzehnhundertdreißig gebaute alte Rathaus hatte erhebliche bauliche Mängel, war zu klein und letztlich für die zunehmende Zahl der Mitarbeiter ungeeignet. Die Zahl der Gemeindebediensteten wuchs weiter, weitere Bedienstete des Gemeindeverwaltungsverbandes Elsenztal gesellten sich zu ihnen und so ist heute das komplette, in frischer Farbe gekleidete Gebäude die Verwaltungszentrale der Gemeinde Meckesheim.

In dessen oberstem Stockwerk beendet Bürgermeister Maik Brandt gerade ein längeres Telefonat. Das Jubiläumsjahr 2022, Meckesheim wurde erstmals im Jahr

822 in einem Verzeichnis des Kloster Lorsch erwähnt, hat begonnen und eigentlich hatte er erwartet, dass damit das Ortsthema des ganzen Jahres vorhersehbar sei. Jetzt ist alles anders. Ein Toter auf der Martinskapelle hat der feierlichen Stimmung ein jähes Ende bereitet. Dass in Meckesheim jemand gewaltsam zu Tode kommt, hat es in Friedenszeiten soweit bekannt noch nie gegeben.

Auch das Telefonat war für den ehemaligen Polizeibeamten des Landes Baden-Württemberg nicht befriedigend. Sein ehemaliger Kollege, Kriminalrat Bauer, hatte sich gefreut, als Brandt sich bei ihm meldete. Bauer berichtete, dass zwar inzwischen die Identität des Toten geklärt sei, gleichzeitig aber noch völlig unklar wäre, wonach er eigentlich gesucht habe und ob er letztlich erfolgreich war.

Brandt beschließt zu handeln und eine kleine Meckesheimer Taskforce „Martinskapelle" zu gründen. Seine Gemeinde hat einen Arbeitskreis, der sich im Rahmen des Jubiläums um die Aufarbeitung der Geschichte und Geschichten des Dorfes verdient macht.

Und genau Teile dieses Arbeitskreises werden nun aktiviert, um sich über die von Bauer geäußerten offenen Fragen Gedanken zu machen.

„Frau Bichler“ bittet er seine nicht zu erschütternde Assistentin, „nehmen Sie mal zu unseren Heimathistorikern Kontakt auf. Wenn`s geht treffen wir uns heute Abend um 19.30 Uhr im Ratssaal. Verschwiegenheit über den Inhalt ist Pflicht, die Kripo braucht uns. Und rufen Sie noch den Dr. Lenz in Eberbach an. Wer unsere Chronik komplett aufbereitet hat, darf heute nicht fehlen.“ sprach er und wendete sich dann wieder seinem Kämmerer zu, der ihn über die neuesten Zahlen der von ihm eng begleiteten Gewerbesteuereinnahmen informiert. Danach greift er zum Telefon und berichtet seiner Frau, dass es wieder einmal später wird. Aber im Gegensatz zu dem Diamantenhändler aus Antwerpen weiß sie ihn umgeben von Menschen, die geradezu fieberhaft gemeinsam mit ihrem Bürgermeister in der Geschichte Meckesheims stöbern werden.

27

„Fassen wir zusammen“ beginnt Kriminalhauptkommissar Müller seine Ausführungen. „Schubert, Sie kümmern sich um die Familie Fischers. Gibt es die überhaupt und was wissen sie über den Toten?“

„Klein, Sie kümmern sich um das Thema Sondengänger. Gibt`s da sowas wie eine Community? Wen können wir da ansprechen und wie kommen wir an deren Informationen? Und reden Sie nochmals mit Yildirim, ob die was in Wiesloch gefunden haben.

Ich kümmere mich nochmals um die Frage, was die vielleicht gesucht haben. Bauer hat mir gesagt, dass er mit dem Meckesheimer Bürgermeister Kontakt hatte. Den soll ich nochmals anrufen. Damit ist der Fahrplan klar und die nächsten Tage mit ausreichend Ermittlungsarbeit für alle drei gefüllt.“

28

Manchmal geht auch beim Schmuggel nicht alles klar. Für den Boten war der Direktflug Amsterdam-Schiphol nach Moskau-Scheremetjewo in der Business-Class gebucht. Der zehnfache Golddukaten von 1592 war sorgfältig im Handgepäck des Fluggastes eingearbeitet. Weder bei Röntgenaufnahmen noch anderen technischen Methoden war mit der Entdeckung zu rechnen. Der gelegentlich Drogen benötigende Mitarbeiter der Flughafen-Security war instruiert und der Zöllner mit der russischen, eigentlich zu teuren und gutaussehenden Freundin wartete bereits auf den Fluggast, um ihn sicher durch den Zoll zu begleiten.

Um genau 9.15 Uhr war Nancy de Boer in der langen Schlange vor dem schlecht besetzten Check-in der Fluggesellschaft Aeroflot eingereiht. Obwohl für die VIPs mit Business-Class-Ticket eigentlich ein schnelleres und individuelles Einchecken vorgesehen ist, war dies heute nicht möglich. Kein weiteres Personal verfügbar und die Bereitschaft anderer Fluglinien, untereinander auszuhelfen, hält sich aufgrund der harten Konkurrenzsituation nach den ersten zwei Corona-Jahren in sehr engen Grenzen.

Vor Nancy de Boer, die schon sehr häufig in alle möglichen Länder der Welt gereist ist und eigentlich Angie van Leeuwen heißt, wartet ein wahrer Schrank von Mann auf seine Abfertigung. Der russisch sprechende Fluggast ist sehr ungeduldig und seine ausladenden Gesten und die von ihm ausgehende Lautstärke lassen vermuten, dass er bereits heute sehr früh den ersten Wodka des Tages zu sich genommen hat. Als er endlich den Check-in Schalter erreicht hat, streitet er sofort wegen Übergepäck mit der zierlichen Dame von Aeroflot. Es kommt, wie es kommen muss. Er droht, handgreiflich zu werden. Die Mitarbeiterin ruft die Security zu Hilfe und während des folgenden Handgemenges erhält Nancy de Boer einen kräftigen Stoß, landet mit dem Kopf an der Führung des Förderbandes am

Check-in und schlägt bewusstlos auf dem Boden auf.

Statt im Flieger zu sitzen, liegt sie kurze Zeit später auf einer Krankentrage und wird trotz entschiedener Proteste ihrerseits zur Sicherheit vom Flughafenkrankenhaus Schiphol auf ärztliche Anweisung per Krankenwagen in das nahe gelegene Amstelland Hospital in der Laan van de Helende Meesters 8 in Amstelveen verbracht. Ihr auf den ersten Blick nicht sehr kostbares Handgepäck in Form einer alten Aktentasche wird im Check-in Bereich kurze Zeit später gefunden und im zuständigen Flughafen-Fundbüro unter dem Aktenzeichen 2022/2058 registriert.

An einer anderen Wartereihe im Check-in-Bereich für First-Class-Passagiere von Air China hat ein älterer Mann interessiert die Szene bei Aeroflot verfolgt. Wenig später, nachdem er von einem Guard am Eingangsbereich des Sicherheitsbereichs erwartet und danach von einem Zöllner sehr freundlich und ohne weitere Kontrolle passieren gelassen wurde, sitzt er in einer Lounge, bestellt sich bei einer netten Hostess ein Glas Champagner und freut sich auf seinen Direktflug nach Peking. Dort wird er - beziehungsweise seine kleine Fracht - bereits sehnsüchtig erwartet.

29

Der erste, der mit verwertbaren Ergebnissen aufwarten kann, ist Kriminalassistent Daniel Schubert. „Der Tote war wohl ein Eremit. Er war das einzige Kind von Günter und Gerlinde Fischer. Beide sind aufgewachsen in Wiesloch, wohnten zeitlebens in Wiesloch und arbeiteten wie so viele bei den Heidelberger Druckmaschinen. Günter ist 1996 und Gerlinde 2003 verstorben. Egon Fischer hatte ebenso wie seine beiden Eltern keine Geschwister. Damit fällt der Stammbaum extrem klein aus. Unser Toter ist wohl nur einmal im Leben umgezogen. Von seinem Elternhaus in der Baiertaler Straße bereits 1988 in seine letzte Wohnung, die er als mittlere Müllhalde jetzt zurückgelassen hat. Über Freunde oder Partnerinnen ist nichts bekannt. Die Nachbarn und Mitbewohner im Haus haben von Besuch bei ihm nie etwas mitbekommen. Er war, mit Ausnahme seiner ausgeprägten Sammelleidenschaft, ein völlig unauffälliger Hausbewohner.

Finanziell war er durch das Erbe seiner Eltern sorgenfrei. Einer geregelten

Erwerbstätigkeit ist er wohl seit vielen Jahren nicht nachgekommen. Seine Kontenbewegungen sind auf den ersten Blick unauffällig, allerdings hätte ich mit dem, was er abgehoben hat, nicht leben können.“

„Wie meinen Sie das?“ hakt Kriminalhauptkommissar Müller interessiert nach. „Nun“ berichtet Schubert weiter, „es gab Monate, da hat er achthundert und auch mal tausend Euro bar abgehoben. Und dann gibt es Monate, da hat er praktisch nichts gebraucht. Und das finde ich schon merkwürdig.“

„Vielleicht hat er noch eine andere Geldquelle gefunden?“ stellt Rike Klein die offene Frage in die Runde. Sie diskutieren gemeinsam die verschiedenen Aspekte, die sich aus diesen schwankenden Abhebungen ergeben können und verbleiben, diese Tatsache nicht aus den Augen zu verlieren.

Anschließend berichtet Schubert weiter über die Rückmeldungen des Kriminaltechnikers Yildirim. Die Sicherung von Fingerabdrücken oder anderer Spuren war außerordentlich schwierig und wenig erfolgversprechend. Klar ist, dass in der Wohnung Rechner und weiteres DV-Zubehör nicht aufzufinden waren. Ein unter Bergen von Lektüre gefundenes analoges Telefon war der einzige Nachweis von Technik, der in dieser Wohnung zu finden war. In einer schmuddeligen Ecke wurde gebrauchte Arbeitskleidung gefunden, die stark mit Erde und Lehm verschmutzt war. Dies ist ein weiteres Indiz, dass Egon Fischer nicht nur einmal mit Metalldetektor und Spaten auf der Suche nach Wertvollem war. Die Truppe um Yildirim versucht noch weiteres sichergestelltes Material zu verwerten, schätzt aber die Chance auf weitere Treffer als gering ein.

Die Aufgabe der Dokumentation und transparenten Aufarbeitung von Ergebnissen ist eine der wichtigsten im Rahmen der Ermittlungsarbeit. Müller ist diese so wichtig, dass er sie nicht wie andere Kollegen an seine Mitarbeiter delegiert, sondern detailliert und intensiv selbst ausführt.

Während er den Rest des Tages damit beschäftigt ist, nimmt Rike Klein ihre Jacke von der Garderobe, meldet sich ab und macht sich auf den Weg zu zwei weiteren Terminen. Zum einen fährt sie jetzt zum Landesdenkmalamt in Stuttgart, um mit dem Autor der Broschüre „Raubgräber/Sondengänger" zu reden und morgen früh ist sie dann bei einem Kollegen des Polizeipräsidiums, der mit solchen Fällen bereits zu tun hatte.

30

Das „Landesamt für Denkmalpflege im Regierungsbezirk Stuttgart" ist die Anlaufstelle für Meldungen, die sich auf mögliche Aktivitäten sogenannter Sondengänger beziehen. Bei der von der Nordfriesin geplanten Fahrt mit dem PKW von Heidelberg nach Esslingen zeigt sich, dass sie noch viel Erfahrung in ihrer neuen Heimat sammeln muss. Staus auf der A5 vor dem Walldorfer Kreuz, der Dauerstau vor der Heilbronner Neckarbrücke auf der A6 und letztlich der nächste Stau kurz vor der Ausfahrt nach Esslingen beim Stuttgarter Flughafen auf der A8 sorgen dafür, dass sie eine Stunde später als von ihr und ihrem dortigen Gesprächspartner Dr. Schäfer erwartet, in der Berliner Straße 12 ankommt.

Als Rike Klein ihren Gesprächspartner erstmals angerufen hat, war dieser sofort interessiert und gerne bereit, ihr weitere Informationen zu ihren Fragestellungen rund um das Thema Sondengänger zu geben. Nach einem kurzen Smalltalk kommen die beiden gleich zur Sache:

„Das Thema brennt uns vom Denkmalschutz sowohl in Baden-Württemberg, aber eigentlich auch in ganz Deutschland, förmlich unter den Nägeln" startet Dr. Schäfer den gegenseitigen Austausch. „Seit über Internet-Versandhäuser Metalldetektoren genauso leicht wie Kaffeemaschinen bestellt werden können, ist die Zahl der Menschen, die in ihrer Freizeit nach Spuren der Vergangenheit suchen, sprunghaft in die Höhe geschossen. Damit könnten wir vielleicht noch grundsätzlich leben, was uns aber verrückt macht, sind die unermesslichen Schäden, die diese Amateure auf unseren historischen Stätten anrichten.

Natürlich ist die juristisch definierte ‚Raubgräberei' nach § 246 StGB strafbar, aber in aller Regel können wir, die Polizei oder auch die Förster ihre Ermittlungen erst aufnehmen, wenn die eigentlichen Täter schon über alle Berge sind. Ohne zeitnahe Hinweise aus der Bevölkerung über Sondengänger sind unsere Möglichkeiten, diese auf frischer Tat zu ertappen, quasi Null" zeichnet der Experte ein eigentlich deprimierendes Bild.

Und Rike Klein ergänzt gedanklich eine weitere Information, die sie bei der Vorbereitung auf den heutigen Besuch gelesen hat: meist werden erwischte Sondengänger lediglich mit einem kleinen Bußgeld nach dem Ordnungswidrigkeiten-katalog bedacht. Die mit Beute erwischten Sondengänger können im Jahr in Baden-Württemberg vermutlich an einer Hand abgezählt werden.

„Was sind das eigentlich für Menschen? Gibt es da bestimmte Verhaltensmuster und sind diese untereinander vernetzt?" stellt sie die für ihre weiteren Ermittlungsansätze möglicherweise entscheidenden Fragen.

„Nun, in aller Regel haben sie einen mindestens mittleren Bildungsabschluss, viele auch ein abgeschlossenes Studium. Die meisten haben gemein, dass sie eher introvertiert, belesen und in der Regel auch technisch interessiert sind. Übrigens haben wir bei den erwischten Sondengängern eine Männerquote von beinahe 100 Prozent und ein Durchschnittsalter von 50 plus. Also sind die Sondengänger fast alles Männer. Eine andere Möglichkeit wäre, die Frauen sind einfach geschickter und lassen sich einfach nicht erwischen“ beantwortet er mit einem schelmischen Grinsen die ersten Fragen.

„Wir haben Hinweise, dass die Szene untereinander gut vernetzt ist. Dabei geht es häufig eher um die Anerkennung von Erfolgen untereinander als darum, die Fundstücke gewinnbringend an den Mann oder die Frau zu bringen. Durch das Inter- und besonders das Darknet ist natürlich ein virtueller Raum entstanden, der alle bis dahin bekannten Grenzen der Vernetzung gesprengt hat.

Weiterhin ist zu vermuten, dass die allermeisten Sondengänger ihre Fundstücke zuhause in Vitrinen oder Kellern liegen haben und sich ihrer selbst erfreuen.

Aber durch das Darknet gibt es gerade in diesem Bereich auch Verbindungen, die eher seltene oder wertvolle Fundstücke dann dem internationalen Schwarzmarkt zuführen. Und hier haben wir und die Ermittlungsbehörden noch weniger Einblick, da uns komplett und der Polizei häufig die technischen Ermittlungsmethoden fehlen, um hier überhaupt einen Einblick gewinnen zu können."

„Aber wie kommen Sie dann an diese Informationen?" interessiert blickt Rike Klein in Dr. Schäfers Gesicht.

Dieser berichtet der Ermittlerin nun, dass es einige wenige Sondengänger gibt, deren Gewissen offensichtlich schlägt, wenn sie durch ihr Netzwerk von sehr großen Coups hören und überzeugt sind, dass hier ihrem Land ein großer Schaden entsteht. So hat dies in Einzelfällen zu dem Ergebnis geführt, dass eine Transaktion durch die Behörden verhindert werden konnte oder auch ein großzügiger Mäzen über verschlungene Wege als Käufer aufgetreten ist. Anschließend freute sich das Land über eine großzügige Zustiftung in Form von Beute der Sondensucher durch den Mäzen.

Das Landesamt sei in diesem Zusammenhang zur Erkenntnis gelangt, dass die Szene nicht nur über das Internet, sondern in einzelnen Regionen auch über regelmäßige persönliche Treffen der Sondengänger vernetzt sei. Ob aber in der Kurpfalz ein solcher Treff bestehe, entziehe sich seiner Kenntnis.

Abschließend berichtet Dr. Schäfer der Ermittlerin noch über in der Kurpfalz gefundene besondere Highlights. Da die Kurpfalz aber groß, mit einer mehrere tausend Jahre alten Geschichte ausgestattet und letztlich kulturell sehr vielseitig ist, waren hieraus für Rike Klein auch nach nochmaligem Nachdenken keine Erkenntnisse zu gewinnen.

Es ist schon später Nachmittag, als sie das Landesdenkmalamt in Esslingen verlässt. Spätestens am Stau vor dem Stuttgarter Kreuz beschließt sie, das nächste Mal mit dem Zug in die Region Mittlerer Neckar zu fahren und heute Abend in der Wohnung die Füße hochzulegen. Gegen 20 Uhr kommt sie erschöpft, aber irgendwie unzufrieden mit dem Ergebnis, in der Heidelberger Häuserstraße an.

31

Während Rike Klein die letzten Kilometer auf der Autobahn zurücklegt und Kriminalhauptkommissar Müller zuhause versucht, mit seiner Tochter ein konfliktfreies Gespräch zu führen, steigt im Ratssaal der Friedrichstraße 10 die Spannung. Kurzfristig versammelt haben sich die meisten Aktivisten des Arbeitskreises „Meckesheim historisch“: Bürgermeister Brandt, drei Abteilungsleiter der Verwaltung und der pensionierte Leiter des Stadtarchivs Eberbach Dr. Lenz, der sich die letzten Monate intensiv durch die Erarbeitung einer Ortschronik anlässlich des zwölfhundertjährigen Jubiläums mit der Geschichte Meckesheims befasste.

Nachdem der Bürgermeister um inhaltliche Verschwiegenheit über die zu erwartenden Ergebnisse der heutigen Sitzung gebeten hat, definiert er die heutige Aufgabenstellung mit drei Fragen, die zur besseren Visualisierung per Beamer an die frisch gestrichene Wand geworfen werden:

1. Was gibt es an Überlieferungen und Sagen über mögliche Funde an der Martinskapelle?
2. Gab es in der Vergangenheit Diebstähle oder Verluste, die dort möglicherweise als Beute versteckt wurden?
3. Gibt es sonst noch eine Information aus der Vergangenheit, die uns weiterhelfen kann?

Dr. Lenz, der studierte Historiker und Archivar, ist der Erste in einer Reihe von Wortmeldungen. Er berichtet, dass er nach dem heutigen Anruf nochmals in allen Unterlagen quer durch alle Jahrhunderte gesucht hat. Er glaube aber nicht, dass es in Meckesheim viel gegeben hat, was ein Versteck benötigte. Der Ort war zwar immer für die unmittelbare Umgebung wichtig, aber Reichtümer gab es hier nicht. Die vielen freien Bauern waren zwar ihre eigenen Herren, aber ein nach heutigem Maßstab kleines Vermögen war mit der Landwirtschaft auch vor Jahrhunderten nicht zu machen. Meckesheim hatte keine betuchten Kaufleute und auch die jüdischen Mitbewohner waren im Vergleich zu ihren städtischen Glaubensbrüdern eher kleinbürgerlich und nicht vermögend.

Auf dem besten Weg, im Ort ein kleines Denkmal zu werden, ist der „Maddin". Anfang fünfzig, mit Humor und klarem Verstand ausgestatteter Banker, der sein Herz an seinen Heimatort und die Aufgabe verloren hat, dessen Einwohner für die Lokalgeschichte zu begeistern. Dieser „Maddin", der regelmäßig viele Bürger mit Lautsprecher und Mikrofon ausgestattet durch das historische Meckesheim führt, ergreift nun das Wort: „Bei uns einen Schatz zu suchen, ist wie in Mönchzell einen leibhaftigen Mönch zu finden. Ein Widerspruch in sich! Wir wissen alle, dass in Meckesheim noch nie viel Geld zu holen war. Traditionell haben wir immer alles, was wir hatten, sofort ausgegeben" verbindet er die Historik geschickt mit der Tradition auch der letzten 50 Jahre. „Würde mich einer fragen, was dort oben bei der Kapelle zu finden ist, würde ich sagen: Knochen, Knochen und nochmals Knochen. Und wenn`s viel ist, hat einer der Verstorbenen mal eine kleine Grabbeilage mitbekommen. Alles andere halte ich für undenkbar“ zieht er einen klaren Schlussstrich und beendet damit beinahe versehentlich die Sitzung.

„Aber so können wir uns doch nicht geschlagen geben“ wendet ein ehemaliger Gemeinderat aus der Luisenstraße ein. Er ist dabei, weil er in gewissen Kreisen als Kenner der römischen und europäischen Geschichte geschätzt wird und dies der Gemeinde zu Ohren kam. Nicht zu Ohren kamen bisher seine Fähigkeiten als Stadtführer in Rom und seine Versuche, einen unterhaltsamen Roman über seine Heimat zu verfassen.

„Lasst uns wenigstens Mal überlegen, wenn wir schon selbst nie Geld oder ähnliches hatten, wer vielleicht welches zu uns gebracht und verloren haben könnte“ ist sein Vorschlag.

Ein anderer Teilnehmer, der eigentlich wegen seines exzellenten Wissens über Verkehrswege und die Geschichte der Eisenbahn bekannt ist, nimmt den Faden auf, spinnt ihn weiter und wenige Minuten später finden sich nach weiteren Wortmeldungen folgende Stichworte an dem bereitgestellten Whiteboard

- Kelten?
- Römer
- Franken
- Universität Heidelberg, 1564
- Tilly 1622
- Französische Truppen 1674
- Mélac, 1689
- Johann Wolfgang von Goethe, 1797
- Johann-Adam Müller, Bauernprophet 1807
- Russisch-kaiserliche Artilleriepark (12.000 Mann), 1814

Die Taskforce „Martinskapelle“ bewertet nun gemeinsam die Möglichkeiten mit folgendem protokolliertem Ergebnis:

Kelten:

Sehr unwahrscheinlich, dass die Kelten hier etwas verloren oder versteckt haben. Die nächsten Funde sind zu weit von

Meckesheim entfernt, um den Verdacht zu erhärten.

Römer:

In Meckesheim gab es zu Zeiten der Römer und des nicht weit entfernten Limes eine Brücke über die Elsenz. Die wichtigsten Bewegungen fanden jedoch nicht im Elsenztal, sondern über die heutige Bergstraße und die großen Täler von Main und Neckar statt. Auch sind die nächsten bedeutenden Funde im Raum Osterburken zu verorten, sodass diese Möglichkeit ebenfalls als gering eingeschätzt wird.

Franken:

Meckesheim ist eine fränkische Gründung. War von Beginn an bedeutend für die nähere Umgebung. Da gab es aber auch nichts zu holen. Bau und Anlage der Martinskapelle geht auf die Franken zurück, aber auch deren Größe und Bauweise ist eher Beleg dafür, dass hier meist Kleinbauern gesiedelt hatten.

Universität Heidelberg:

Zog vermutlich 1564 und 1565 auf dem Weg nach und von Eppingen durch Meckesheim. Aber was war dort schon zu holen außer Büchern - und die waren schon damals zwar wertvoll, aber aus Papier und nicht Metall.

Tilly:

Der protestantische Feldherr vertrieb aus Meckesheim 1622 die Mansfeld`schen katholischen Truppen. Diese flohen Hals über Kopf Richtung Schatthausen und weiter gen Westen. Tilly brandschatzte aus Dank das Dorf und half kräftig mit, die Zahl der Meckesheimer von ehemals etwa 800 auf weniger als 100 zu dezimieren. Er war wohl als Kriegsherr in der Anfangsphase des Krieges ständig pleite, die Meckesheimer sicher auch, sonst hätten sie sich freigekauft. Tilly selbst hat sicher hier kein Geld verloren. Als er 1631 bei Ingolstadt starb, vermachte er seinen Truppen stolze sechzigtausend Taler.

Französische Truppen:

Als der pfälzische Erbfolgekrieg seinen für die Kurpfalz sehr bitteren Verlauf nahm, flüchteten die Meckesheimer 1674, da die Franzosen auf den Ort vorrückten, auf den Dilsberg. Voll war es dort nicht, lediglich 100 Menschen lebten zu dem Zeitpunkt in Meckesheim. Es ist auszuschließen, dass sie kurz nach dem dreißigjährigen Krieg und bei den damaligen Zwangsabgaben an die Herren nennenswertes Vermögen hatten.

Mélac:

Der nächste nette Feldherr. Kam, sah und brannte. Der zehnte August 1689 steht für ein Fanal, als der Franzose den Ort Meckesheim einfach niederbrennen ließ.

Johann-Wolfgang von Goethe:

Wie fast überall kam der Geheimrat, Dichter und Lenker auch durch

Meckesheim. In sein Reisetagebuch schrieb er 1797: „Meckesheim liegt artig an einem Kalksteinhügel, der mit Wein bebaut ist; es hat Wiesen und Feldbau vor sich.“ Es ist zu vermuten, dass er den Ort nur von der Ferne erblickt hat. Damit ist auch zu vermuten, dass er keine Zeit hatte, hier etwas zu hinterlassen, was einer späteren Suche wert wäre.

Johann-Adam-Müller, „Bauernprophet“

In Maisbach geboren und gelebt in Meckesheim. Das sind alles Faktoren, die das bestätigen, was damalige Zeitzeugen über ihn gesagt haben. „Mutig, irre und mit einem Sendungsbewusstsein ausgestattet“. Über Geld, Vermögen und Reichtum haben sie auch nach 1807 nicht in seinem Zusammenhang berichtet. Damit auch hier Fehlanzeige.

Russisch-kaiserlicher Artilleriepark:

Ein weiterer „Supergau“ für Meckesheim. Etwas über 12.000 Artilleristen mit allem Beipack wie Kanonen, Pferde,

Marketenderinnen und einem russischen Spital im kleinen Dörfchen Meckesheim. Für Männer und besonders Frauen kein Grund zur Freude. Die Russen hatten fern der Heimat kein Geld und nahmen alles mit, was irgendwo ess- und genießbar war. Schätze oder besondere Wertgegenstände haben sie sicher auch nicht hier liegen lassen.

Der Bürgermeister betrachtet ernüchtert die vor ihm liegende Zusammenfassung. Er bedankt sich bei den Teilnehmern für die sehr engagierte, aber möglicherweise erfolglose Mitarbeit der vergangenen drei Stunden. Die anschließende Nachbesprechung lässt im „Löwen" noch lange das Licht brennen. Und brennend werden die Erkenntnisse der Taskforce trotz des Schweigegelübdes der Teilnehmer am nächsten Morgen im Dorf unter fast allen Einwohnern diskutiert.

32

Zur gleichen Zeit, als sich die letzten Mitglieder der Arbeitsgruppe voneinander im Gasthaus „Löwen“ verabschieden, spielen sich im rund 500 km nordwestlich gelegenen Amsterdam dramatische Szenen ab. Ein kleines Blutgerinnsel hat sich in einem Teil des Gehirns der Botin gelöst und ist sofort lebensbedrohlich. Aufgrund des bisherigen guten Verlaufs war sie nicht auf der Intensiv-, sondern auf einer normalen Station im Amstelland Hospital untergebracht. Als die Nachtschwester auf einem ihrer regelmäßigen Kontrollgänge erkennt, dass ihre Patientin das Bewusstsein verloren hat, alarmiert sie sofort den diensthabenden Arzt der Station. Dieser veranlasst die Verlegung auf die Intensivstation, der notwendige operative Eingriff, um das Blutgerinnsel zu entfernen, wird unverzüglich vorbereitet. Aber alles ist zu spät. Als der diensthabende Operateur mit Team bereit ist, verrinnt das letzte Stück Leben aus dem Körper der Patientin. Nancy de Boer, die eigentlich Angie van Leeuwen heißt, wird nie mehr heiße Ware in ein fremdes Land schmuggeln.

33

Die Sonne lacht über der belgischen Hafenstadt, als der Diamantenhändler Ulrik de Neve heute sein Geschäft betritt. Er ist bester Laune, ist doch gestern der Wert des Bitcoins innerhalb weniger Stunden um fast zehn Prozent angestiegen. Bereits kurze Zeit nach Öffnung klingelt es an der schwer gesicherten Eingangstür. Draußen stehen zwei dunkel gekleidete Herren. Sie sehen schon auf dem Bildschirm vermögend aus, die Anzüge sind aufgrund ihres extravaganten Schnitts beim Hereinkommen klar als Armani zu erkennen. Der eine Herr trägt eine edle Brille von Luxottica. Das erkennt de Neve auf einen Blick, da er von diesem Label auch schon einmal eine erwerben wollte. Aber das fünfstellige Preisschild hat ihn davor abgeschreckt.

Während er lächelnd auf die unbekannten Männer schaut, sind diese sichtlich nicht amüsiert. Der Brillenträger spricht ihn mit dem harten Akzent an, den Osteuropäer nicht nur in der deutschen, sondern auch der jetzt gewählten englischen Sprache gewöhnlich einbringen. „Mein Chef vermisst seine Ware“ trägt er in einem bedrohlichen Ton vor und führt fort „Wir haben auf die Überbringerin gewartet. Sie war aber nicht in dem Flugzeug. Anscheinend ist sie auch nie abgeflogen. Zumindest nicht nach Russland und auch nicht mit Aeroflot.“ Ulrik de Neve läuft es heiß und kalt den Rücken hinunter. Wie konnte das sein? Der Weg war doch immer zuverlässig. Und Unzuverlässigkeit kann sich in diesem Metier niemand leisten.

Unterdessen hört de Neve den anderen Besucher fortfahren „Der Chef gibt Ihnen zwei Tage, den Deal nachzuholen. Wenn Sie nicht liefern, werden Sie übermorgen nicht erleben wollen.“ Mit diesem düsteren Satz blicken ihn die zwei Besucher nochmals an, drehen sich um und verlassen einen sichtlich konsternierten und ratlosen Diamantenhändler.

Kurze Zeit später ist das Geschäft für Besucher geschlossen, de Neve ist zu seinem „Safe House“ gefahren, schreibt dann in eiliger Folge zwei Mails und versucht verzweifelt, seinen Kontakt für Lieferungen, den er bereits seit Jahren kennt, telefonisch zu erreichen.

34

Während Rike Klein ihr Büro zum Zwecke der Berichterstattung über die gestrigen Erkenntnisse betritt, ist ihr Partner Kriminalhauptkommissar Müller in ein längeres Telefonat vertieft. „Jawohl Herr Bürgermeister. Können Sie uns diese Zusammenfassung ihrer Arbeitsgruppe trotzdem zukommen lassen? Das ist sehr freundlich von Ihnen. Ja, bei Rückfragen melden wir uns nochmals. Ihnen auch einen schönen Tag“ hört sie ihn sagen bevor er das Telefonat mit einem Fluch beendet. „So ein Mist, jetzt haben die zwölfhundert Jahre Geschichte von Meckesheim durchforstet und nie hat es in diesem Kaff anscheinend irgendwann mal richtig Geld gegeben. Es ist zum verrückt werden“ blafft er Rike Klein an, die als Nordfriesin an dieser Tatsache wirklich keine Schuld trägt.

Nachdem sich Müller beruhigt hat berichtet sie ihm von dem gestrigen Gespräch im Landesdenkmalamt. Vielleicht kann der Kollege im

Polizeipräsidium Mannheim Hinweise auf die regionale Struktur der Sondengänger geben. Mit dieser vagen Hoffnung macht sich Rike Klein jetzt auf nach Mannheim, während Kriminalhauptkommissar Müller die inzwischen per Mail eingegangenen Ergebnisse der Meckesheimer Taskforce „Martinskapelle“ vor sich liegen hat. „Vielleicht fällt mir doch noch was brauchbares ein“ denkt Müller beim Blick auf die Liste und macht sich gemeinsam mit seinem Assistent Schubert, der wesentlich bessere Internetkenntnisse besitzt, an die Arbeit.

35

Der Leistungskurs „Englisch“ des Heidelberg College, welches an prominenter Stelle direkt am Neckar mit Blick auf Schloss und Altstadt platziert ist, lernt heute einen Michael Bannings kennen, wie die Schülerinnen und Schülern ihn in den letzten zwei Jahren nicht erlebt haben. Er ist von der ersten Sekunde an schlecht gelaunt, tadelt die Schüler bei jeder Kleinigkeit und sieht ziemlich übermüdet aus. Bannings ist normalerweise eher der Sunnyboy unter den Lehrern und aufgrund seines Aussehens stiller Schwarm vieler Teenager. Heute ist der Schwarmfaktor bei null und sowohl er als auch erst recht seine zu Unterrichtenden sind froh, als kurz vor 12 Uhr die letzte Stunde des Leistungskurses beendet ist. Alle fragen sich, was mit ihrem eigentlich sehr beliebten Lehrer los ist. Vermutlich weiß er es selbst nicht genau, vielleicht liegt es aber auch einfach daran, dass er von 21 bis 1.30 Uhr im „Aix en Provence“ auf die unbekannte Schönheit gewartet hat, die aber zu seinem Leidwesen mit keinem Auge zu erblicken war.

Als er wenig später seine kleine Wohnung im unteren Bereich des Philosophenweges betritt, hat sich seine Laune noch immer nicht gebessert. Er beschließt, die Schule für heute Schule sein zu lassen und mit dem Rad den Königstuhl zu erobern. Der Königstuhl ist mit 570 Metern der Hausberg von Heidelberg und wird selbst im Odenwald nur von wenigen Bergen überragt. Während nicht wenige Touristen die Fahrt nach oben mit der historischen Bergbahn absolvieren, messen sich immer mehr Heidelberger mit dem Königstuhl, indem sie vom Neckartal den steilen Anstieg hinauf mit dem Fahrrad bezwingen. Michael fährt zunächst mit zahlreichen Studenten mit dem Rad in Richtung Bismarckplatz. Von der Rohrbacher Straße fährt er wenig später den Aufstieg über den Steigerweg hinauf. Als er die Höhe der „Drei Eichen“ erklommen hat, ist er zwar ausgepowert, aber schon besserer Laune. Und als er wenig später auf der wunderschönen Aussichtsterrasse des neuen Hotels an der

Bergstation der Bergbahn ein alkoholfreies Weizenbier trinkt, scheint für ihn schon wieder innerlich die Sonne. „Naja, vielleicht habe ich heute Abend Glück“ denkt er bei der Abfahrt. Mit einem kleinen Schwenker über das Elsenz- und Neckartal erreicht er zwei Stunden später wieder sein Domizil in der bei Touristen bekanntesten Straße von Neuenheim.

36

Als Rike Klein erstmals die Adresse für ihr Vorstellungsgespräch des Polizeipräsidiums Mannheim las, glaubte sie an einen Fehler. Erst als sie dann auf ihrer Insel Föhr 68161 Mannheim, L 6 1 eingab und das Navigationsgerät tatsächlich ein Ziel berechnete, war ihr klar, dass es diese komische Adresse tatsächlich geben muss.

Außerhalb der Kurpfalz wissen nicht viele Menschen, dass Mannheim den Beinamen „Quadratestadt" innehat und die Häuser in 144 Straßen der Innenstadt einen Buchstaben des Alphabets und zwei unabhängig voneinander zu lesenden Zahlen tragen. Diese seit 1730 bestehende Benennung der sogenannten Quadrate, die nicht immer ein Quadrat bilden, vereinfacht es auf dramatische Weise, eine Adresse vor Ort auch tatsächlich zu finden.

Im Falle des Polizeipräsidiums wäre es aber auch so und ohne Navi nicht schwer gewesen. Die B37 verbindet direkt Heidelberg mit Mannheim, das

Mannheimer Zentrum der Polizei befindet sich in Schlossnähe ebenfalls direkt an der B37. Das Navi leitet sie aber über die Autobahn 656 auf dem schnellsten Wege zu ihrem dortigen Gesprächspartner.

Der kurz vor der Pensionierung stehende Peter Kramer, ebenfalls wie Kollege Müller aus Heidelberg Polizeihauptkommissar, erwartet Rike Klein bereits in seinem Büro. Es gibt viele beengte Büros für Polizeibeamte, aber sein Domizil schlägt vermutlich alle Rekorde. Als Rike Klein eintritt, fällt ihr erster Blick nicht auf den unbekannten Kollegen, sondern auf Berge von Büchern, Broschüren, Magazinen und Akten. Akten, die einen Umfang haben, wie ihn selbst Mordfälle selten erreichen. Vor dem natürlich voll belegten Schreibtisch von Kramer steht ein einsamer Besucherstuhl, der wohl vor wenigen Sekunden von Unterlagen frei geräumt wurde. Rike Klein fragt sich still und natürlich nicht ganz ernsthaft, ob denn Peter Kramer verwandt mit dem Toten sein könnte, sein Ordnungssystem könnte zumindest darauf hinweisen!

Nach wenigen freundlichen Worten zur Begrüßung erkundigt sich Kramer, der bereits von Rike Klein bei ihrem Ersttelefonat über den Hintergrund des Besuchs informiert wurde, ob es denn Neuigkeiten in dem Fall gebe und was sie nun konkret von ihm erwarte.

„Nun“ beginnt die Kriminalkommissarin „wir sind, um ehrlich zu sein, noch nicht viel weitergekommen. Es gibt viele Punkte, die uns noch völlig schleierhaft sind. Drei der wenigen gesicherten Erkenntnisse sind, dass der Tote Egon Fischer heißt, sich sehr viel mit den Themen der ‚Sondengänger‘ beschäftigt hat und dieses Hobby auch selbst ausgeführt hat. Und offensichtlich wurde er genau bei Ausübung dieser Tätigkeit in Meckesheim an der Fundstelle auch ermordet“ fasst sie zusammen. „Was uns völlig fehlt sind Informationen über die regionale Szene der Sondengänger, ihre Treffpunkte, Netzwerke oder auch Ermittlungen, die noch nicht per Urteil oder Strafbefehl Einzug in unsere Polizeiakten gefunden haben. Und deshalb sitze ich bei Ihnen“ leitet sie geschickt zu Peter Kramer über, der jetzt mit Informationen am Zug ist.

„Sie sollten wissen, dass dies eine Szene ist, in die wir nur ganz gelegentlich und meist durch Zufall Einblicke erhalten. Sehen Sie, Menschen bei Grabungen zu erwischen ist für uns der Sechser im Lotto. Das gibt es praktisch nie. Wir beginnen meist unsere Ermittlungen, wenn offene Grabungsstellen gefunden wurden, die teilweise schon Monate oder Jahre verwaist sind. Andere typische Ermittlungsgründe sind Funde von Kollegen des Zolls beim Schmuggel ins Ausland oder Hinweise aus der Sammlerszene, wenn besondere Artikel im Internet, Flohmärkten oder Antiquitätengeschäften angeboten werden. Das letzte kommt in unserem Bereich so etwa jedes Schaltjahr jemals vor“ relativiert der zuständige Ermittler die Hoffnungen der Kollegin mit wenigen Sätzen.

„Wenn ich übrigens von ‚wir ermitteln' rede, dann bezieht sich das auf den Gesamtbegriff der Polizei. In unserem Präsidium bin ich leitender Ermittler, Kontakthalter ins Milieu, Schreibkraft und meine eigene Urlaubsvertretung in einem. Auf deutsch: Niemand kümmert sich um mich, ich bin die Einmann-Polizeikraft, die sich um geschätzt bis zu 500 aktive Sondengänger alleine in der Kurpfalz zu kümmern hat. Die Aufgabe habe ich vor zwei Jahren übertragen bekommen, sie geht wie ein Wanderpokal regelmäßig an den Beamten im Präsidium, der in Mannheim arbeitet und am kürzesten vor seiner Pensionierung steht. Da sehen Sie die wahre Wertschätzung" beschreibt er seine Situation, ohne bisher auch nur mit einem Wort auf die Fragen seiner Kollegin einzugehen.

„Wenn Sie im Internet die Suchbegriffe ‚Sondengänger Polizeipräsidium Mannheim' eingeben kommt, Sie, Kollegin, ahnen es bereits, nichts! Also frage ich Sie, was können wir da groß an Erkenntnissen erwarten? Eigentlich doch überhaupt nichts" hat seine von

Selbstmitleid geprägte Leier noch immer kein Ende.

„Mir wurden Sie aber als die fachkundige Person in unserer Gegend mehrfach genannt. Selbst das Landesdenkmalamt hält viel von Ihnen. Da wäre es doch unlogisch, wenn Sie mir auch nicht ansatzweise weiterhelfen könnten“ versucht sie mit einer großen Menge Honig um den Mund des Kollegen, doch noch Informationen zu gewinnen.

Und damit ist ein Bann gebrochen und der im Präsidium wenig bekannte und noch weniger geschätzte Hauptkommissar weiht Rike Klein in seine Erkenntnisse und Einschätzungen ein.

Es ist bereits früher Abend als sie mit einem prall gefüllten Notizbüchlein und voll Adrenalin das Präsidium verlässt. Sie ist noch immer wie gebannt über die Erzählungen, die Peter Kramer ihr angedeihen ließ. Von Geheimtreffen, Schmuggelrouten ins Ausland, Darknet-Auktionen und nicht zuletzt seinen Erkenntnissen, die er selbst über vermeintliche Sondengänger im

Dreiländereck Baden-Württemberg, Rheinland-Pfalz und Hessen gewonnen hat. Aus einem völlig leergeräumten Büro seines Vorgängers hat dieser besondere Beamte einen wahren Schatz an Informationen und intimen Kenntnissen geschaffen, die die Ermittler aus Heidelberg noch viele Stunden beschäftigen werden.

„Und der Mensch geht in drei Monaten in Pension und damit seine gesammelten Werke“ denkt sie tief erschüttert bei der Heimfahrt. Von den Zentralen Diensten des Polizeipräsidiums wurde er wohl schon aufgefordert „mal richtig aufzuräumen“ und seinem Nachfolger ein sauberes Büro ohne Aktenberge zu hinterlassen.

37

Es ist schon dunkel, als Michael Bannings frisch geduscht und hoffend auf nette abendliche Gesellschaft die wenigen Meter von seiner Wohnung im Philosophenweg in die „Bar d'Aix en Provence" geht. Nach der Heimkehr hat er sein hochwertiges E-Mountainbike einer bekannten Schweizer Manufaktur schnell in seiner Wohnung in Sicherheit gebracht. Zu hoch ist die Gefahr, dass dieses von Fahrraddieben vor dem Haus geklaut werden würde, ein Abstellplatz in Form einer Garage ist im Philosophenweg so teuer wie sonst eine kleine Wohnung.

Während vor der Bar die letzten Gäste bei Kerzenschein ein Glas Wein genießen und nebenan wohl gerade ein Student, wie immer bei Semesterbeginn, einzieht und dabei die Bergstraße blockiert, steuert er direkt den Innenbereich der Location an. Eine leichte Enttäuschung zeichnet sich auf seinem Gesicht ab, als er erkennt, dass er drinnen bis jetzt der einzige Gast des Abends ist.

„Jetzt reichts aber für heute!“ Mit Schwung beendet Rike Klein ihre Dokumentation über die Fakten und Vermutungen, die sie bei ihrem Kollegen in Erfahrung bringen konnte. Sie schließt ihren Laptop, wirft sich unter die Dusche und beeilt sich dann, auf ihr Fahrrad zu kommen, um eine bekannte Bar in Neuenheim anzusteuern.

38

Ulrik de Neve sieht aus, als komme er in Kleidung aus einer Sauna. Völlig in Schweiß gebadet, mit wirrem Haar und sichtlicher Verzweiflung im Gesicht. Auch heute hat er sein Geschäft zeitig geschlossen, ist unmittelbar in sein „Safe House“ gefahren und hat über alle ihm bekannten Kanäle versucht, Kontakt zu dem Kurier zu erhalten. Aber es ist zum Verzweifeln, niemand antwortet. Es gibt nicht den Hauch einer Reaktion. Und de Neve ist klar, dass es morgen Abend sehr ungemütlich werden kann, wenn bis dahin nicht die Lieferung in Moskau angekommen ist. „Scheiße“ brüllt er in das leere Haus hinein, tritt eine kleine, in der Ecke stehende unschuldige Kommode klein und rennt aus dem Haus als sei der Teufel hinter ihm her.

39

„Wenn die zwei nur halb so viel miteinander reden würden, wie sie sich heimliche Blicke zuwerfen“ denkt Erik der Barkeeper beim Dekantieren einer Flasche Chateneuf du Pape 2018 für ein chinesisches Touristenpärchen, welches auf dem Rückweg vom Philosophengärtchen im kleinen Außenbereich des „Aix de Provence“ hängen blieb. Der charismatische Englischlehrer und die aparte Ermittlerin der Kriminalpolizei sind nur wenige Minuten nacheinander in der Bar eingetroffen. Beide haben sich an der Theke einen Platz gesucht. Unverständlicherweise aber so weit voneinander entfernt, dass eine Konversation über die Entfernung unmöglich ist.

Jetzt öffnet sich erneut die Tür und Rike sieht, dass statt des erwarteten Erik ein bereits sichtlich angetrunkener neuer Gast in das kleine Lokal kommt. Er strebt unmittelbar den freien Platz an Rikes Seite an und beginnt bereits nach wenigen Augenblicken mit ihr Kontakt aufnehmen zu wollen. „Das hat gerade noch gefehlt“ sind Rikes erste Gedanken, kurze Zeit später dringt schon eine Schwade an Ausdünstungen von kaltem Rauch und Alkohol in ihre empfindliche Nase ein. Bevor sie den Fremden auffordern kann etwas abzurücken, kommt von hinten ein Schatten auf sie zu, der den Fremden ziemlich deutlich auffordert, sofort von der Dame zu lassen und sich einen anderen Platz zu suchen. Der angetrunkene Gast mustert den Unbekannten mit dem englischen Akzent und erkennt sobald, dass er hier den körperlich Kürzeren ziehen würde. Laut fluchend macht er sich aus der Bar davon und Rike schaut direkt in die blaugrünen Augen von Michael Bannings, der sie aus dieser unangenehmen Situation gerettet hat.

„Wenn Sie mich gerettet haben, darf ich Sie wenigstens zu einem schönen Glas Wein einladen“ beendet Rike die zwischen ihr und Michael Bannings sprachlose Zeit. Bei seiner Rückkehr von dem chinesischen Pärchen ist Erik über die veränderte Sitzordnung an seiner Bar überrascht. Als guter Barkeeper hat er die nächsten

Minuten am anderen Ende der Bar viel zu tun, so dass Rike und Michael etwas Privatsphäre auch in ihrem Stammlokal erleben können.

40

Diesmal ist es schon kurz vor 6 Uhr englischer Zeit, als in Paignton das Telefon läutet. Bevor Steve richtig wach ist, überschüttet ihn sein Schützling mit der Beschreibung von Superlativen, wogegen alle anderen weiblichen Wesen auf der Welt blass aussehen. Als er nach etwa 10 Minuten erstmals zu Wort kommt, ist sein einziger Kommentar „Wow“. Dann wird er nochmals mit Begeisterung über das weibliche Wesen, die Stadt Heidelberg und alles was blond ist überschüttet. Michael Bannings legt fast grußlos auf, da ihm jetzt aufgefallen ist, dass er für die Schule viel zu spät dran ist. „Na denn, viel Erfolg“ sagt Steve vor sich her, schmiegt sich wieder an seine Frau Ellen und schläft wenige Sekunden später wieder tief und fest ein.

Als Punkt 7.55 Uhr ein strahlender, gut gelaunter und Lebensfreude versprühender Michael Bannings die Teilnehmer des Leistungskurses Englisch begrüßt, geht ein Ruck durch die Teilnehmer. Heute sprengt er alle Dimensionen. Kleine Fehler werden toleriert, größere Fehler mit einem

Verständnis korrigiert, dass den Schülerinnen und Schüler förmlich die Spucke wegbleibt. Als der erste Pausengong um 8.40 Uhr ertönt, schauen sich viele geradezu ungläubig an.

Auf dem Pausenhof sagt die 17jährige Susi zu ihrer Freundin „So ein Mist, schon wieder einer weg." Auf deren fragenden Blick sagt die lebenserfahrene Schülerin „Ist doch klar, der hat gestern erfolgreich eine angebaggert." Mit dieser lapidaren Feststellung gehen sie wieder hinein, um sich im Leistungskurs Deutsch mit Goethes „Faust", wie immer einem möglichen Thema für die schriftliche Abschlussprüfung, auseinander zu setzen.

41

Schon beim Aufstehen hat Rike Klein die berühmten Schmetterlinge im Bauch. Was für ein Abend! Sie und Michael, beim zweiten Glas Wein waren sie natürlich schon per Du, haben sich bis 1 Uhr nachts unterhalten. Nein, das war keine Unterhaltung, das war eher ein vertrautes Miteinander, als kenne man sich schon 20 Jahre. Erst als Erik das dritte Mal dezent darauf hinwies, dass sie seit zwei Stunden die letzten Gäste sind, haben sie festgestellt, wie spät es schon war. Dann hat Michael sie bis zu ihrem Fahrrad begleitet und ihr nachgewunken, bis sie um die Ecke war. „Was für ein Kavalier“ denkt Rike noch. „Schließlich hat er nicht einmal versucht, mich zum Abschied zu küssen. Schade eigentlich!“ und mit einem ihr unbekannten Gefühl der Sehnsucht und dem letzten Geschmack von Zahnpasta im Mund schwingt sie sich auf ihr Fahrrad, um heute bestens gelaunt auf Verbrecherjagd zu gehen.

Kaum in ihrem Büro der Kriminalpolizeidirektion in der Römerstraße in Heidelberg angekommen, erkennt sie dieses fast nicht wieder. Auf dem großen Tisch ihres Besprechungsraumes liegen unzählige Computerausdrucke, daneben Bücher, deren Äußerem zu entnehmen ist, dass sie der Universitätsbibliothek in der Plöck entliehen sind. Auf diesem Stapel liegt eine Gebietskarte der Rhein-Neckar-Region. Auf dieser sind zahlreiche rote Kreise zu erkennen.

Ihrem fragenden Blick begegnet Schubert mit einem Achselzucken und sagt „Frag lieber nicht. Das Rathaus von Meckesheim hat uns eine Liste möglicher Menschen oder historischer Vorkommnisse übermittelt, bei denen in Meckesheim wertvolles Gut abhandengekommen sein könnte. Sie haben an einem der letzten Abende alle Leute zusammengetrommelt, die für ihre geschichtlichen Kenntnisse um die Gemeinde bekannt sind. Und ich habe gestern mit Müller den ganzen Tag das Zeug gesichtet, bewertet und nach neun Stunden doch nichts gefunden.“

In diesem Moment schießt Kriminalhauptkommissar Müller um die Ecke. Schon von weitem ruft er seinen beiden Kollegen zu „Lasst alles stehen und liegen. Wir fangen nochmals mit der Geschichte von vorne an. Ich will sicher sein, dass uns gestern kein Fehler unterlaufen ist.“ „Und meine Ergebnisse interessieren heute nicht?“ Rike Klein schaut fassungslos auf ihren Kollegen. „Schon, aber nicht jetzt, sondern später. Wir kriegen jetzt raus, wer hier was verloren oder auch versteckt haben könnte. Ich habe es im Gefühl“ sprach Müller, räumt den Berg von Unterlagen vom Besprechungstisch und knallt die Liste

- Kelten?
- Römer
- Franken
- Universität Heidelberg, 1564
- Tilly 1622
- Französische Truppen 1674
- Melac, 1689

- Johann Wolfgang von Goethe, 1797
- Johann-Adam Müller, Bauernprophet 1807
- Russisch-kaiserliche Artilleriepark (12.000 Mann), 1814

auf den Tisch.

Viele Stunden später, genauer gesagt bis kurz vor Feierabend, hat sich die Liste nach intensiver Diskussion und analoger wie digitaler Recherche auf folgende historische Ereignisse reduziert:

Universität Heidelberg:

Bei Ihrem Umzug von und nach Eppingen 1564/65 gab es vielleicht doch Gegenstände, die es Wert waren, gestohlen oder versteckt zu werden. Es gibt aber keine Hinweise in den Aufzeichnungen und im Archiv der Universität, dass damals etwas Wertvolles verloren ging. Und es gibt auch keinerlei Hinweise, dass in Meckesheim etwas Besonderes passiert sein sollte.

Tilly:

Die Meckesheimer Einschätzung, dass Tilly 1622 sicher keinen Schatz in Meckesheim verloren hat, ist sicher zutreffend. Aber was war mit den Hals über Kopf vertriebenen gegnerischen Truppen? Hatten die möglicherweise aus der Not heraus etwas in Meckesheim gelassen und versteckt?

Mélac:

Der französische Feldherr hat 1689 den Ort niedergebrannt. Vermutlich haben die Einwohner vorher versucht, ihr Hab und Gut in Sicherheit zu bringen. Aber auch hier finden sich weder bei der Gemeinde, deren Archiv 1722 niedergebrannt ist, noch in anderen Archiven entsprechende Hinweise.

Russisch-kaiserlicher Artilleriepark:

Es ist nicht wahrscheinlich, dass die russischen Truppen, die gegen Napoleon Krieg führten, viel Wertvolles in ihrem Lager hatten. Aus den historischen Unterlagen ist zu vermuten, dass dieser Teil der Armee eher im ärmeren Teil der russischen Bevölkerung rekrutiert wurde. Auch wurde die Truppe nicht durch bekannte oder besonders wohlhabende russische Adelige geführt.

Neu: Deutsche Truppen am Kriegsende 1945 / US-Truppen

Eine zwar diskutierte, aber dann verworfene Möglichkeit. Die US-Truppen kamen nicht überraschend nach Meckesheim. Es gab um die Gemeinde keine Kampfhandlungen, Wertvolles hätte in aller Ruhe in Sicherheit gebracht werden können. Wertvolle Kulturgüter wurden hier nicht gelagert, auch wurden keine Kultur-Evakuierungszüge auf dem Bahnhof in Meckesheim abgestellt.

Nachdem auch Kriminalrat Bauer und Staatsanwalt Knopf sich gegen 19 Uhr dazu gesellt haben, legt Kriminalhauptkommissar Müller die Priorisierung der weiteren Ermittlungen fest:

1. Mansfelder Truppen (Tillys Gegner)
2. Universität Heidelberg
3. Mélac

Zentrale Frage: Was wurde versteckt/ verloren und von Egon Fischer in Meckesheim bei der Martinskapelle möglicherweise gefunden?

Kriminalrat Bauer und auch der Staatsanwalt schweigen die ganze Zeit. Nur jetzt kommt von Bauer ein sehr seltener Satz „Gute Arbeit Leute - weiter so!“ den Rike Klein und Schubert noch nie und Müller in vielen Jahren bisher höchstens einmal vernommen hat.

Als sich die fünf sichtlich geschafften Ermittler bereits erheben wollen, kommt von Müller noch der Satz „Ja, Frau Klein. Und morgen können Sie dann umfangreich über ihre Erkenntnisse bei dem

Mannheimer Kollegen für Sondengänger berichten."

Fünf Minuten später sind alle auf dem Weg nach Hause. Und keiner von ihnen hat noch die Kraft, an diesem Abend größere Aktivitäten in Angriff zu nehmen. Rike Klein schreibt per WhatsApp an eine ihr seit gestern bekannte Nummer „War gestern sehr nett mit Dir. Kann heute leider nicht kommen. Hoffe auf morgen, 22 Uhr. Rike"

42

„Es muss eine Lösung geben“ denkt Ulrik de Neve, Diamantenhändler und Dealer für andere Spezialitäten, als die zwei ungebetenen Besucher erneut vor seinem Geschäft Einlass begehren. Zwei Tage hat er versucht, seinen Kontakt für die Botendienste zu erreichen. Es gab keinerlei Reaktion. De Neve ist natürlich klar, dass Probleme und Unzuverlässigkeit in diesem Metier nicht geduldet werden. Er hat alle Vorkehrungen getroffen, um die Bitcoins vor den Augen der zwei Männer an den ursprünglichen Absender zurück zu transferieren. Ihm ist es egal, dass er dann heftige Verluste mit dem Zehnfach Golddukaten gemacht hat. „Hauptsache heil raus“ ist die von ihm gewählte Prämisse, bevor er den zwei Männern die Sicherungsschleuse öffnet.

Wenige Minuten später verlassen die zwei dunkel gekleideten Herren ohne Eile das Gebäude in der Hoveniersstraat von Antwerpen. Als die aus der ehemaligen belgischen Kolonie Kongo stammende Reinigungskraft Kimia am nächsten Morgen um 6 Uhr dort eintrifft, fällt ihr bereits nach wenigen Augenblicken der Staubsauger aus der Hand. Ihr Chef, Ulrik de Neve, liegt mit einem kleinen Einschussloch zwischen den Augen unmittelbar hinter seinem Tresen. Vor ihm steht sein Laptop, der ebenfalls mit roher Gewalt zerstört wurde.

Schreiend rennt sie auf die Straße, und wie es sich in der am besten gesicherten Straße von ganz Belgien gehört, ist die Polizei bereits nach wenigen Sekunden vor Ort.

43

In diesem Augenblick waren die zwei Täter bereits wieder in Moskau gelandet. Bei ihrem Rapport in Rubljowka, etwa 10 km außerhalb von Moskau, wo eine Wohnung mehr kostet als in Sibirien ein ganzes Dorf, zeigt sich ihr Auftraggeber sehr befriedigt. Zwar wurde seine Sammlung nicht um den begehrten Zehnfach Golddukaten ergänzt, dafür sind die Bitcoins zurück und dieser eingebildete Belgier wird nie mehr versuchen, einen Russen aufs Kreuz zu legen.

44

Als die WhatsApp auf Michael Bannings Handy erscheint, bessert sich seine Laune schlagartig. Er war heute bereits seit achtzehn Uhr in der „Bar d'Aix en Provence". Zu groß war die Furcht, er könnte seine neue Bekanntschaft Rike verpassen. Für ihn war es gestern der schönste Abend seit Ewigkeiten. Im Nachhinein tat ihm sein langjähriger Förderer Steve leid, dem er heute in aller Frühe die Ohren voller Begeisterung zugedröhnt hat.

„Erik, ich würde gerne zahlen" geht er zum Aufbruch über. Er beschließt, heute Abend keine Klausuren mehr zu korrigieren, sondern sich noch den lauen Heidelberger Frühlingswind um die Ohren wehen zu lassen. Fröhlich pfeifend wendet er sich der Alten Brücke zu und beschließt, den Abend auf der schönen Terrasse der Molkenkur mit Blick über die Stadt ausklingen zu lassen.

Als er dort den Blick hinüber zu seiner Wohnung am Philosophenweg schweifen lässt kommt ihm der Gedanke, dass es sein bester Beschluss im Leben war, an diese Stadt am Neckar zu ziehen und dass es sich hier möglicherweise auch ein Leben lang aushalten ließe.

45

Die gestrige Nacht hat Rike Klein sehr unruhig geschlafen. In ihren Träumen sind immer wieder Sondengänger durch ihr Haus gegangen, haben ihren nicht vorhandenen Garten umgegraben und wurden dann durch einen Helden vertrieben. Das Ganze wäre noch gegangen, hätte dieser englische Held nicht eine frappierende Ähnlichkeit mit Michael Bannings und damit ihre Angst gestärkt, er sei heute Abend nicht in der lieb gewordenen Bar anzutreffen. An Einschlafen war dann für längere Zeit nicht zu denken.

Auch heute legt sie den kurzen Weg von der Häuserstraße in die Direktion in der Römerstraße aus gutem Grunde mit dem Fahrrad zurück. Zwar wäre dies auch zu Fuß sehr gut möglich, aber im Gegensatz zu ihrer Insel ist die Hundedichte in Heidelberg wesentlich höher. Viele Hundebesitzer haben bis heute nicht gelernt, die Hinterlassenschaften ihrer Vierbeiner dezent zu entfernen.

Sie ist bereits kurz vor 7 Uhr in ihrem Büro und bereitet die Zusammenfassung nochmals gedanklich vor, die sie später gegenüber ihren Kollegen über das Gespräch in Mannheim halten soll.

Dies, was sie später in einem etwa neunzig Minuten langen Monolog vortragen wird, liest sich in einem Auszug aus ihrem Aktenvermerk wie folgt:

Gesprächsnotiz

über ein mit KHK Peter Kramer im Polizeipräsidium Mannheim geführtes Gespräch zum Thema Sondengänger

Dauer: 5 Stunden

Inhalt:

1. Sondengänger allgemein
2. Sondengänger in der Kurpfalz
3. Funde
4. Netzwerke und Treffs
5. Gerüchte und Geschichten
6. Schmuggelrouten

7. Polizeiliche Ermittlungsarbeit

……..

Zu 2: Sondengänger in der Kurpfalz

Es gibt deutlich mehr Sondengänger in der Kurpfalz, als der daran wenig interessierte Mensch denken würde. Schätzungen belaufen sich auf eine Szene bis zu 500 Menschen, die mit Metalldetektor zumindest gelegentlich auf die Suche gehen. Es gibt regional keine besonderen Schwerpunkte. Von spleenigen Einzelgängern bis zu Familien, d. h. Vater, Mutter und Kindern, ist alles anzutreffen.

Stark unterschiedlich ist deren Ausstattung. Während die meisten Einsteiger, die der Polizei und dem Denkmalamt weniger Sorgen bereiten, mit Modellen um die zweihundert bis dreihundert Euro unterwegs sind, setzen Routiniers und nach hochwertigen Funden gierende Sondengänger Geräte ein, die durchaus auch mal deutlich über fünftausend Euro kosten können. Diese

Geräte sind so ausgefeilt, dass sie die unterschiedlichen Metalle kategorisieren können und somit der Sondengänger in die Lage versetzt wird, sehr gezielt nach wertvollem Material zu graben.

Gekauft wird inzwischen meist über Internet oder Firmen, die mit Militärartikeln handeln. Beide Quellen haben gemein, dass sie gegenüber den Ermittlungsbehörden generell nicht auskunftsfreudig sind. Und innerhalb des EU-Binnenmarktes ist es unmöglich, Bestellungen und ihre jeweiligen Lieferanten zu verfolgen.

Über Sondengänger, die auch unter Wasser, wie beispielsweise im Rhein oder Neckar nach Wertvollem suchen, hat die Polizei keine Erkenntnisse. Das scheint in der Rhein-Neckar-Region nicht von wesentlicher Bedeutung zu sein.

Zu 3: Funde

Es gibt immer wieder Funde, die in einschlägigen Internetforen gemeldet werden. Aber die immer unter Nicknamen auftretenden Forumsaktivisten benennen natürlich nie konkret ihre Fundstelle. Zu groß ist die Angst, dass dort weitere Sondengänger ihr Glück versuchen und möglicherweise den Fund des Lebens streitig machen.

Viele Funde in der Kurpfalz haben ihren Ursprung in der ständig von Krieg und Unruhen geprägten Geschichte. Lediglich der „Goldene Hut von Schifferstadt“, ein 1835 in der Nähe der pfälzischen Gemeinde gefundenes Artefakt aus der Bronzezeit, ist sicherlich nicht in Kriegszeiten gefertigt worden. Ihn hat auch kein Sondengänger gefunden, die hat es damals auch noch nicht gegeben.

Was immer wieder vorkommt sind Funde von Münzen mit Schwerpunkt ab dem Mittelalter. Hier gibt es Münzen mit sehr geringem Wert, für einzelne Raritäten werden aber auch sehr hohe Summen geboten. Da die Kurpfalz und auch Meckesheim ja immer auch Aufmarschgebiet fremder Truppen war, wären theoretisch auch wertvolle Funde wie Golddukaten, Goldgulden oder Florentiner denkbar.

Funde aus früherer Zeit sind sehr selten. Die meisten Hinterlassenschaften von Römern oder Franken, die heute noch gefunden werden, sind Teile einer Rüstung oder Ton- und Keramikscherben. Besonders wertvolle Stücke sind hier in der Kurpfalz nicht zu erwarten.

Zu 4: Netzwerke / Internet / Darknet

Die Sondengänger haben sich heute in Teilen des Internets und Darknets organisiert. Im Internet gibt es Seiten, die unter Sondengängerforum, Detektorforum u. ä. firmieren. Deren Inhalte sind nach einer Registrierung eigentlich jedem offen. Hier gibt es Tipps, Hinweise oder Erfahrungsberichte. Aber alles, was hier gepostet wird, ist in der Regel legal oder zumindest im Graubereich, sodass eine Strafverfolgung durch die Ermittlungsbehörden nicht erfolgt.

Ganz anders ist dies bei Aktivitäten im Darknet. Hier kennen sich die vernetzten User untereinander. Eine Aufnahme ist oft nur unter Bezugnahme auf einen bereits dort registrierten Nutzer möglich. Da die Server in der Regel außerhalb der EU stehen, sind Infiltrationsversuche von Seiten der Ermittler oft nur über V-Leute möglich. Es gibt Hinweise, dass auch organisierte Kriminalität im Bereich des Handels und des Schmuggels mit wertvollen Fundstücken ihre Finger im Spiel hat. Da dieses Betätigungsfeld aber eine sehr untergeordnete Rolle hat, sind Ermittlungserfolge hier eher die sehr seltene Ausnahme. Funde des Zolls an der niederländischen und belgischen Grenze lassen vermuten, dass Schmuggel sehr stark über diese beiden Länder organisiert ist. An den östlichen und südlichen Landesgrenzen wird Schmuggelware aus Grabungsfunden praktisch nicht aufgefunden.

Das letzte Feld von Netzwerken sind persönliche Kontakte. Hier hat das Präsidium Mannheim Kenntnis von einer Art Stammtisch. Ein vor wenigen Monaten bei Grabungen erwischter Sondengänger hatte Informationen angeboten, wenn seine Aktion straffrei bleiben könnte. Er hatte guten Grund dazu: Ein junger Lehrer, der Geschichte an einem Gymnasium in Mannheim unterrichtet, hat viele Gründe, dass sein Tun nicht publik wird. Neben dienstrechtlichen Konsequenzen seines Arbeitgebers ist die Furcht vor seinen Schülerinnen und Schülern groß, die ihn damit ständig mobben könnten.

Da das Thema eh niemand außer Kriminalhauptkommissar Peter Kramer interessierte, war dieser Deal gleich geschlossen. So berichtete der Lehrer, dass er über einen „Patrick aus Sinsheim“, der sich selbst als Spezialist für römische Münzfunde outete, einmal zu einem Treffen in einer Gartenkolonie in Schifferstadt eingeladen war. Acht Männer und eine Frau hätten sich damals getroffen, Erfahrungen ausgetauscht und die neuesten Fundstücke vorgezeigt. Sie würden sich dort regelmäßig treffen, er selbst sei aber nur selten dabei gewesen.

An die Namen der anderen Teilnehmer konnte er sich nicht mehr erinnern. Lediglich daran, dass diese Treffen jeweils freitags um 15 Uhr beginnen würden.

Darüber hinaus hat Peter Kramer keine Hinweise auf andere regelmäßige Treffs mit Ausnahme regionaler Flohmärkte. Hier seien zwar quasi „alle“ auf Schatzsuche, aber einen systematischen Treff konnte man dies doch nicht nennen.

Zu 5: Gerüchte und Geschichten

Es gibt immer wieder wilde Gerüchte um große Werte, die in der Kurpfalz zu finden seien. Angefangen von der Nibelungensage über jüdische Verstecke in Zeiten der Pogrome um die Siedlungen Speyer und Worms, bis hin zu Vermutungen, dass einige Kunstschätze am Ende des Zweiten Weltkrieges auf dem Weg zu sicheren Lagerplätzen auch hier verschwunden sein könnten. Eins haben sie alle gemeinsam: es gibt nicht einen Beweis und somit ist es fraglich, ob dies Auswirkungen auf die Ermittlungen im Meckesheimer Mordfall haben könnte.

All dies berichtet Rike Klein in ihrem ausführlichen Vortrag. Müller und

Schubert hören gebannt zu, war ihnen doch bisher dieses Feld der illegalen Aktivitäten noch nie zu hören bekommen. Und als Rike Klein ihre Ausführungen beendet hat, stellt Müller zusammenfassend fest: „Und damit kommen wir nicht umher, unsere Auswahlliste historischer Ereignisse nochmals auf die Frage zu prüfen, ob der Ermordete vielleicht nicht doch etwas sehr Wertvolles gefunden haben könnte.“

46

Das Fundbüro im Amsterdamer Flughafen Schiphol hat eine perfekt eingespielte Routine. Nachdem Fundstücke einige Tage nicht abgeholt wurden, werden sie katalogisiert, genau gesichtet und für eine spätere Auktion vorbereitet.

Normalerweise werden Koffer, Regenschirme, Laptops oder was auch immer von Passagieren verloren wird, nach drei Monaten höchstbietend versteigert. Bei der Fundsache 2022/2058 wurde diese Routine aber unterbrochen.

Nachdem Nancy de Boer alias Angie van Leeuwen im Hospital verstorben war, versuchte die dortige Verwaltung und danach die belgische Polizei unter der im Ausweis stehenden Adresse Angehörige zu erreichen. Als die damit beauftragte Polizei im flandrischen Aalst beauftragt wird, ist die Überraschung gelungen. Die dortigen Ermittler melden, dass auf diesem Grundstück niemand wohnen kann, da es dort kein einziges Gebäude gibt.
Daraufhin läuten bei der Polizei des Flughafens Schiphol die Alarmglocken. Es

wird ermittelt, dass kurze Zeit nach dem unglücklichen Vorfall im Bereich des Check-In eine Tasche als Fundsache gemeldet wurde. Die Fundsache 2022/2058 wird daraufhin eilends von zwei Polizisten aus dem Fundbüro geholt und genau untersucht. Nachdem die Suche nach Adressdaten, Initialen oder anderen persönlich zuordenbaren Indizien erfolglos war, wird die unscheinbare Aktentasche ohne große Erwartungen zur weiteren kriminaltechnischen Untersuchung an die Kriminalpolizei in Amsterdam weitergeleitet. Parallel dazu werden Fingerabdrücke und DNA-Daten der Toten erhoben, um eine mögliche Identifikation auch in internationalen Datenbanken zu erreichen.

Die mit dem Fall befassten Flughafenpolizisten staunen nicht schlecht, als sich bereits einige Stunden später ihre Kollegen der Kriminaltechnik aus Amsterdam melden. Die Botschaft ist kurz:

„In der Aktentasche wurden bei einer röntgentechnischen Untersuchung ein sorgfältig eingearbeitetes Einschubfach entdeckt. Hierin war eine noch sorgfältig eingewickelte Münze eingearbeitet. Diese ist die eigentliche Sensation. Es ist eine ausgesprochen schwere Goldmünze, die nach einer ersten Schätzung mehrere Jahrhunderte alt ist. Die weitere Expertise wird von einem Sachverständigen vorgenommen, zu dem die Münze gerade gebracht wird."

Die unbekannte Tote ist damit eine Schmugglerin, die möglicherweise eigene oder auch im Auftrag erhaltene Münzen über die EU-Außengrenzen schmuggelt.

Die ermittelnden Beamten warten damit gespannt auf zwei Rückmeldungen:

- Wer war die unbekannte Tote, wenn es nicht Nancy de Boer ist?

- Und was ist das für eine Münze und was ist diese eigentlich Wert?

Heute werden diese Fragen aber nicht mehr zu beantworten sein. Zudem haben sie vor wenigen Minuten die Weisung der vorgesetzten Dienststelle erhalten, den Fall an die Nationale Politie Amsterdam und dort an den Eersten Hoofdcommissaris Alex Hillaert zu übergeben.

Und damit widmen sie sich der Anzeige einer deutschen Touristin, die in der Wartehalle vor dem Abflug Opfer eines Taschendiebstahls wurde.

47

Klaus Müller, Rike Klein und Daniel Schubert diskutieren noch lange an diesem Tag über die Erkenntnisse, die aus den Einschätzungen des Mannheimer Kollegen gezogen werden können. Sie sind sich nicht einig, wie der weitere Weg der Ermittlungen sein kann. Einig sind sie sich lediglich in der Einschätzung, dass der Mord sehr wahrscheinlich mit dem Fund auf der Martinskapelle im Zusammenhang stehen wird. Wie aber kommt die Polizei hier an Informationen? Wie ist zu erfahren, wer möglicherweise über das Ziel der Grabungen des toten Egon Fischer informiert war? Und welche Möglichkeiten haben die Ermittler bei der Bewertung der historischen Ereignisse in diesem kleinen Dorf Meckesheim möglicherweise übersehen.

Am Nachmittag greift Rike Klein zum Hörer und ruft nochmals bei ihrem Kollegen Peter Kramer in Mannheim an.

„Hallo Herr Kollege, wir haben hier lange über unser gemeinsames Gespräch und ihre wertvollen Informationen beraten. Wir sind aber nicht so richtig weitergekommen und bräuchten nochmals ihre Hilfe“ beginnt Rike Klein diplomatisch das Gespräch. „Ja, wir glauben weiterhin, dass der Mord mit den Grabungen in Meckesheim zusammenhängt“ hören die Kollegen sie weiter telefonieren: „Ja, und ohne Insider-Informationen, was er vielleicht gesucht hat oder wer sich noch für seine Grabungen interessiert, kommen wir kaum weiter. Und deshalb würde ich gerne direkt mal mit Ihrem Informanten, den sie bei Grabungen erwischt haben, reden“ lässt sie die Katze aus dem Sack. „Wir verstehen ja, dass Sie das nicht wollen. Das ist aber vielleicht die einzige Chance“ erhöht sie den Druck auf den Kollegen. „Aber Sie müssen uns helfen. Ich bitte Sie eindringlich um Hilfe“, fast flehend fallen die letzten Worte. „Ok, dann melde ich mich morgen wieder“ wütend wirft sie den Hörer auf ihren Schreibtisch. „Der muss wirklich überlegen, ob er uns helfen will. Seine Informanten sind ihm heilig“ berichtet sie, schüttelt den Kopf und geht erstmal einen Kaffee zur Beruhigung trinken.

„Und wir tragen jetzt den Rest des heutigen Tages mal zusammen, was wir alles über den Umzug der Universität Heidelberg nach Eppingen, Tillys gegnerische Truppen um Mansfeld und die Geschichten um den Feldzug von Melac wissen“ hört sie beim Rausgehen noch Kriminalhauptkommissar Müller zu Daniel Schubert sagen.

48

Für Michael Bannings war es heute, wenige Tage vor den anstehenden Ferien, ein anstrengender Tag. Die Dichte an Klausuren, Elterntagen und Besprechungen mit der mehr oder weniger schwierigen Schülerschaft sind normalerweise schon ermüdend genug. Dies verschärft sich, wenn jede Nacht die Gedanken an eine noch nicht nahe Bekanntschaft kreisen und damit der nächste Morgen schon übermüdet beginnt.

Und da auch Rikes Tag eher weniger gut war, treffen sich gegen 22 Uhr in der „Bar d'Aix en Provence" zwei heute ziemlich frustrierte „Heidelberg Immigranten". Bei beiden bessert sich die Laune jedoch schlagartig, als sie sich wie erhofft sehen und bereits nach wenigen Minuten ist im beidseitigen Gespräch eine Vertrautheit, als würden sie sich bereits seit Jahren kennen.

Als Erik, Barkeeper und Menschenkenner, mit „Darf ich euch noch etwas bringen?" auf die leeren Gläser eingehen will, bekommt er nicht einmal eine Antwort. Im

Gegenteil: Er ist sich nicht einmal sicher, ob die zwei seine Frage überhaupt wahrgenommen haben. Und da sie sich auch unentwegt in die gegenseitigen Augen geschaut haben, zieht er sich dezent zurück und lächelt, in Erinnerung an seine eigenen Gefühle, als ihn Amors Pfeil getroffen hat, still in sich hinein.

Es ist wieder weit nach Mitternacht, als Michael Rike zu ihrem Fahrrad begleitet. Und als sie ihm zum Abschied einen sanften Kuss auf die Wange haucht, ist es um ihn, seine anschließende Nachtruhe und sein inneres Gleichgewicht geschehen. Als er in seiner Wohnung ankommt, öffnet er sich zuerst einen guten schottischen Whisky aus Dufftown und greift dann zum Telefonhörer, um seinem väterlichen Freund Steve gegen drei Uhr in der Früh zu berichten, dass er wohl unsterblich verliebt sei.

49

„Sagen Sie mal, hören Sie uns überhaupt zu?“ fragt ein sichtlich verärgerter Kriminalhauptkommissar Müller seine Kollegin, die heute Morgen wiederholt träumerisch aus dem Fenster schaut. „Ja, entschuldigen Sie. Ich war in Gedanken“ stammelt sie, um schnellstmöglich aus ihrer himmelblauen Sehnsuchtswolke, die sich um einen englischen Gentleman gebildet hatte, in den rauen Alltag der Kriminalpolizei zurückzukommen.

„Schubert, fassen Sie mal zusammen“ gibt Müller Kommando. „Also, eigentlich können wir inzwischen ausschließen, dass auf dem Umzug nach Eppingen oder zurück nach Heidelberg die Universität irgendetwas in Meckesheim verloren oder versteckt haben sollte“ beginnt er. „Es gibt weder in deren Archiv, noch in den Eppinger städtischen Unterlagen, noch in Meckesheim Hinweise darauf, dass mit Ausnahme der Pest Dinge unterwegs zurückgelassen wurden. Dies können wir, wenn es Ihrerseits keine Einwände gibt, dann von der Liste unserer möglichen historischen Ereignisse streichen.“

„Eigentlich gilt meines Erachtens dies auch für alle Ereignisse, die sich in unserer Region im Zusammenhang mit dem Pfälzer Erbfolgekrieg und besonders dem bei uns wütenden französischen Befehlshaber Marschall Ezéchiel de Mélac abgespielt haben. Mélac hat ja nicht nur Meckesheim, sondern sehr viele Dörfer und praktisch alle Städte der Kurpfalz in den Jahren 1687 bis 1692 abbrennen lassen. Zu den Zerstörungen gehörte auch die Sprengung des Heidelberger Schlosses, welche am 16.2.1689 erfolgt ist. Aus den zeitgenössischen Berichten geht hervor, dass er wohl nirgends Geld, sondern immer nur Leid, Zerstörung und Tod mitgebracht hat. Seine Basis war das von Meckesheim über vierzig Kilometer entfernte Heilbronn. Auch aus diesem Blickwinkel ist es eigentlich auszuschließen, dass unser Toter Egon Fischer wertvolles aus Mélacs Zeit finden wollte.

Was uns jetzt noch bleibt ist, das Umfeld um den Einfall Tillys in die Kurpfalz und nach Meckesheim aufzuarbeiten. Hier habe ich noch nicht alle Hinweise gesichtet, das wird auch heute noch den ganzen Tag dauern“ endet Daniel Schubert seine Zusammenfassung. „Sehr gut, Schubert“ Müller ist sichtlich zufrieden. „Das erledigen wir jetzt gemeinsam. Und Sie, Frau Klein, kümmern sich um diesen Kollegen Kramer. Der hat sich immer noch nicht gemeldet.“

„Hier ist die Mailbox von Michael Bannings“ hört sie eine ihr inzwischen gut bekannte Stimme am anderen Ende der Leitung. „Ich bin vermutlich im Unterricht oder habe keine Lust das Telefon abzunehmen. Hinterlassen Sie mir einfach eine Nachricht“. „So ein Mist“ murmelt sie, greift zum Hörer, denkt „Peter Kramer statt Michael Bannings. Was für ein Unterschied“ und hört bereits das Freizeichen eines Telefons, welches auf einem Schreibtisch im Untergeschoss des Polizeipräsidiums Mannheim steht.

50

Gegen 11 Uhr des gleichen Tages hat Eerste Hoofdcommissaris Alex Hillaert von der niederländischen Nationale Polite in Amsterdam einen erkennungsdienstlichen Bericht auf seinem Schreibtisch. Dem ist zu entnehmen, dass die unbekannte Tote auf dem Flughafen Schiphol, die offensichtlich unter dem Tarnnamen Nancy de Boer versucht hat, nach Russland zu reisen, keine Unbekannte ist. Die Dame wurde mit ihrem richtigen Namen Angie van Leeuwen bereits erkennungsdienstlich behandelt. Sie kam bereits mit dem niederländischen Gesetz in Konflikt und wurde vor 5 Jahren wegen Schmuggel wertvoller Antiquitäten zu zwei Jahren Haft verurteilt. Seitdem war sie nicht mehr auffällig. Vielleicht aber auch, weil sie offensichtlich mindestens einen anderen Namen zur Tarnung nutzte.

Der 45jährige, bereits hoch dekorierte Polizeioffizier, erkennt aus der kurzen Rückmeldung die persönliche Chance, weiteres Ansehen in einem vielleicht spektakulären Coup gewinnen zu können. Nachdem der ungewöhnliche Fund in der Aktentasche der Toten durch die Flughafenpolizei an ihn in Zusammenhang mit einer Toten gemeldet wurde, hat er sofort die Initiative ergriffen und der Polizei Schiphol die Zuständigkeit genommen. Alex Hillaert ist kein gewöhnlicher Polizist. Jeweils Jahrgangsbester bei allen Aus- und Fortbildungslehrgängen seiner Laufbahn hatte er sehr früh die Möglichkeit erhalten, sich in dem von ihm gewünschten Tätigkeitsfeld als Ermittler zu betätigen. So wählte er in einem frühen Stadium das Thema Internationaler Schmuggel und wurde hier eher durch Zufall auf das Spezialgebiet Antiquitäten in allen Facetten aufmerksam. Hier gilt er heute als der niederländische Spezialist, wenn es um nicht alltägliche Schmuggeleien geht, die sehr hohe kulturelle oder andere Werte betreffen.

Bedingt durch sein Spezialgebiet ist er bei vielen niederländischen Gutachtern und Museen nicht nur bekannt, sondern auch ein sehr geschätzter Gesprächspartner. Und so ist er jetzt mit der Aktentasche, der hierin gefundenen Goldmünze und einer großen Portion Neugier unterwegs zu einem früheren Mitarbeiter und international anerkannten Spezialisten des Münzmuseums in Utrecht.

Emmanuel Elegeert erwartet bereits seinen Besucher auf einer kleinen Bank vor seinem Häuschen in Utrecht. Er freut sich, den ihm bekannten Kriminalisten in Utrecht begrüßen zu können. Kurz darauf sitzen sie im gut ausgeleuchteten Arbeitszimmer des pensionierten Münzspezialisten:

„Ich bin wirklich gespannt, was Sie mir da mitbringen". Mit größter Vorsicht entnimmt Elegeert die Münze seiner Schutzhülle. „Das ist ja schon auf den ersten Blick großartig. Da muss ich meine Lupe nehmen und mal einen kurzen Blick in meine Bibliothek werfen" verabschiedet sich der Fachmann für einige Minuten, während Hillaert und die Münze zurückbleiben. Mit schnellen Schritten kommt Elegeert mit einem Katalog in der Hand nach wenigen Minuten zurück. „Das ist wirklich eine kleine Sensation, schauen Sie.“ Mit diesen Worten schiebt er dem Polizisten den aufgeschlagenen Katalog auf dessen Platz. Dieser erkennt unter der Bezeichnung „zehnfach Golddukat, 1592 aus dem deutschsprachigen Raum“ das Foto des genauen Ebenbildes der Münze, die sich vor ihnen auf dem Tisch befindet. „Das ist die Münze, eindeutig“ sagt Hillaert bestätigend. „Ja, das ist aber nicht alles“ bestätigt Elegeert. „Sehen Sie, das besondere ist der Zustand. Diese Münze ist in einem geradezu perfekten Zustand. Kein Kratzer, kein Abrieb und keinerlei andere Beschädigungen. Als wäre sie gerade eben erst von der Münze gekommen. Das ist ein Exemplar, wie ich es vom Zustand in meiner Karriere bisher maximal zweimal erleben durfte. Herrlich!“ ergänzt er nicht ganz unwesentliche Details.

„Die Münze ist unstrittig über 400 Jahre alt. Der zehnfach Golddukat wurde aufgrund seines hohen Wertes nur sehr selten geprägt. Als Zahlungsmittel war er ja eigentlich ungeeignet, da viel zu wertvoll. Ich gehe davon aus, dass diese

Münze auf dem Markt reißenden Absatz finden würde. Nur, da käme sie nie an, da Museen und staatliche Institutionen einem Verkauf einer Münze in diesem herausragenden Zustand wohl kaum zustimmen würden.“ setzt der Fachmann fort.

„Und wenn ich sie auf dem illegalen Kunstmarkt verkaufen wollte. Gäbe es da einen Markt und wenn ja, was würde denn da gezahlt werden?“ fragt der Ermittler nach.

„Unstrittig gibt es den Markt und ich kann mir durchaus vorstellen, dass vermögende Sammler durchaus deutlich über hunderttausend Euro für diese Münze zahlen würden“ ist die Einschätzung des Fachmanns. „Da haben wir doch einen Treffer“ denkt sich der Eerste Hoofdcommissaris und stellt sich die Schlagzeilen vor, wenn er für die Aufklärung eines Kunstschmuggels dieser Dimension geehrt werden würde.

Zufrieden steigt er wenig später in Amsterdam wieder aus seinem

Dienstwagen aus. Die fünfzig Kilometer lange Rückfahrt aus Utrecht war wie im Fluge vergangen. Hier hofft er nun, die Akte von Angie van Leeuwen lesen zu können und hieraus ihre möglichen Kanäle ableiten zu können.

51

Meldung von Nationale Polite in Amsterdam an Interpol:

Am Zusammenhang mit einem Todesfall am Flughafen Schiphol ist ein versuchter Schmuggel einer wertvollen Goldmünze entdeckt worden. Es handelt sich um einen „Zehnfach Golddukat“ aus dem deutschsprachigen Raum und dem Jahre 1592. Zustand: vorzüglich, Bilder im Anhang

Ansprechpartner: Eerste Hoofdcommissaris Alex Hillaert von der niederländischen Nationale Polite in Amsterdam

Diese Meldung wurde wenig später an die 194 Länderbehörden weitergeleitet, die Interpol als internationaler Polizeibehörde beigetreten sind. Nachdem die Meldung beim Bundeskriminalamt gesichtet wurde, wurde sie seinerseits an die 16 Landeskriminalämter als Information in die bestehenden Systeme eingestellt.

52

Nach einem weiteren Endlos-Telefonat mit dem Mannheimer Polizisten Peter Kramer erklärte der sich endlich gegenüber Rike Klein bereit, einen Kontakt zu seinem Informanten herzustellen. Wenig später meldete sich tatsächlich ein ihr unbekannter Mann an Rikes Handy, nahm Bezug auf Peter Kramer und erklärte sich bereit, sie an einem neutralen Ort zu treffen.

Sie verabredeten sich für den übernächsten Tag 10 Uhr im Kurpfälzischen Museum Heidelberg. Als Treffpunkt vereinbarten sie die Römische Jupitergigantensäule aus dem 2. Jahrhundert, die in Neuenheim gefunden wurde und in einem stilleren Winkel des Museums in der Heidelberger Hauptstraße untergebracht ist.

„Und dann kann ich ja mit den Kollegen die verbleibende historische Spur verfolgen“ denkt Rike und geht zurück in den Besprechungsraum der Kripo.

„Also, was wissen wir über die Hintergründe der Tilly`schen Attacke bei Meckesheim?“ fragt Müller als Einstieg in Materie. „Wir sollten uns zunächst fragen, wer überhaupt damals die Hauptbeteiligten waren“ verändert Schubert die Einstiegsfrage. „Und um damit zu beginnen, kann ich Sie in die Welt des Mittelalters mitnehmen. Die Mansfelds sind eines der ältesten deutschen Adelsgeschlechter überhaupt. Ursprünglich aus der Gegend der heutigen Stadt Mansfeld in Sachsen-Anhalt stammend, lässt sich deren Geschichte bis ins 10. Jahrhundert zurückverfolgen. Mit der Zeit entwickelten sich weit verzweigte Adelsstämme, die Einfluss im europäischen Umland gewonnen haben. Zur Zeit der Reformation und der Bauernkriege, das heißt um 1525, entwickelte sich die Adelsfamilie immer weiter auseinander. Die überwiegende Mehrheit der Familie blieb mit ihren Besitztümern katholisch, andere Mitglieder wendeten sich als glühende Verehrer Martin Luthers der protestantischen Bewegung zu. Übrigens starb Luther in Eisleben in einem Haus, das den damaligen Mansfeld'schen Besitztümern anzurechnen ist.

Innerhalb der Familie gab es zunehmend Auseinandersetzungen. Die zunehmende Zersplitterung der Familie, ständige hohe Ausgaben für kriegerische Auseinandersetzungen und ein nicht angepasster Lebensstil sorgten wohl dafür, dass um 1570 das Adelsgeschlecht modern ausgedrückt insolvent war. Daraufhin wurde der Großteil der Besitztümer der Familie genommen. Historisch belegt ist, dass ein großer Zweig der Mansfelds daraufhin ausgestorben ist, der andere Teil hat sich dann auf Aktivitäten verlegt, die gewinnversprechend waren. So unter anderem auch die Führung von Söldnerheeren, an denen zu jener Zeit stets Bedarf war. Der bekannteste Sohn dieser Familie in diesem Zusammenhang war Graf Peter Ernst II. von Mansfeld. Er wurde später eigentlich nur noch Ernst von Mansfeld genannt.

Damit kommen wir langsam in unsere Gegend. Ernst von Mansfeld war ein bedeutender Söldnerführer, der ab 1610 protestantischen Adeligen diente. Es ist nie richtig belegt worden, ob er auch Protestant wurde oder lediglich dort gedient hat, wo es sich für ihn am meisten lohnte. Heute wird sein Tun als privatwirtschaftlicher Unternehmer im herrschaftlichen Auftrag bezeichnet. Vielleicht so etwas wie die englischen Freibeuter um Francis Drake, die ja auch einen Kaperbrief von Queen Elizabeth I. als Legitimation mit sich führten oder die heutigen Söldner, die denen dienen, die am meisten zahlen" zieht Schubert einen passenden Vergleich. Und er berichtet weiter: „Zu Beginn des dreißigjährigen Krieges mischte Ernst von Mansfeld schon heftig mit. Er unterstützte die Protestanten in der Oberpfalz, und als es dort nichts mehr zu retten gab, machte er sich mit seinen Truppen auf den Weg in die Kurpfalz. Das persönliche Pech der Kurpfälzer Bauern und Bürger war, dass er als legitimen Lohn für sein Heer die Plünderung der kurpfälzischen Dörfer und Städte ansah. Zwar nur im Ausnahmefall Brandschatzung und Zerstörung, aber für die Kurpfälzer war auch das kleinere Übel sicherlich eine Katastrophe. Die Lage spitzte sich zu, als die übermächtige katholische Liga immer mehr offensiv in der Kurpfalz vorrückte. Und hier kommt auch unser Tatort Meckesheim ins Spiel. Die damalige Frontbeobachtung war sicherlich nicht vergleichbar mit heute, wo die Militärs dank Satelliten, Drohnen oder auch Einzelkämpfern aus vielen Quellen über die aktuelle Lage informiert sind. Mansfeld war, wie auch seine katholischen Gegner, auf die Informationen ihrer Späher und der jeweiligen Bevölkerung angewiesen. Informationen von den Einwohnern wird er sicherlich nach dem Auftreten seiner Truppen keine erhalten haben, die Beobachtungen der Späher waren oft unzureichend und keinesfalls geeignet, um strategische Entscheidungen immer rechtzeitig treffen zu können. So war es wohl auch 1622 in Meckesheim.

Es ist nicht unwahrscheinlich, dass die Mansfeld'schen Truppen in Meckesheim erst im letzten Moment erfahren haben, dass Tilly mit den katholischen Kämpfern quasi vor der Tür steht. Zeitgenössische Berichte, die wir unter anderem im Landesarchiv nachlesen und im Gespräch mit Historikern erfahren haben, berichten von einer wilden Flucht und einem Gefecht auf der Elsenzbrücke. Die Mansfelder Truppen stürmten in wie es wörtlich heißt „heilloser Flucht“ von dem östlich der Elsenz gelegenen Meckesheim über die einzige Brücke Richtung Schatthausen. Es ist zu bezweifeln, ob damals Zeit war, noch geordnet Dinge mitzunehmen, schließlich waren die Truppen Tillys schon so nah, dass es zu einem Gefecht auf eben dieser Brücke kam“ endet Schubert seinen Monolog.

„Und wenn die Flucht so wild war, ist durchaus die Möglichkeit gegeben, dass etwas Wertvolles in Meckesheim zurückbleiben musste. Und was liegt als Versteck näher als ein Friedhof, wo es ein leichtes wäre, in einem Grab etwas zu verbergen“. Rike Klein spinnt den Faden in logischer Folge weiter „Aber warum sind sie dann nicht zurückgekommen und haben später ihr Versteck ausgehoben?“ fragt sie sich laut.

„Die Antwort kann ich vielleicht geben“ sie schaut Müller fragend an. „Als ich versucht habe, mich über die regionalen Geschehnisse zu informieren, gab es in diesem Jahr zwei zentrale Ereignisse. Zum einen den 27.4.1622, als genau unser Ernst von Mansfeld unseren Tilly in der Schlacht bei Mingolsheim geschlagen hat, und wenige Tage später den 6.5.1622, als Tilly mit Unterstützung des spanischen Generals Cordoba blutige Revanche bei der Schlacht von Wimpfen genommen hat. Es ist belegt, dass sich Mansfeld nach der Schlacht in Mingolsheim nach Bruchsal abgewendet hat. Wenn seine Truppen wenige Tage später dann in Wimpfen waren, bestand sicherlich zeitlich keine Möglichkeit, mal schnell in Meckesheim was auszugraben" lautet das Fazit von Müller.

„Möglicherweise haben diejenigen, welche in Meckesheim etwas vergraben haben, die zwei Schlachten nicht überlebt. Und haben somit ihr Geheimnis mit in ihr Grab genommen" führt Rike Klein fort und innerlich läuft ihr bei dem Gedanken ein Schauer über den Rücken.

„Und damit haben wir die zentrale und spannende Aufgabe, für einen Mord im Jahre 2022 zu enträtseln, was wohl im Jahre 1622 auf dem Friedhof in

Meckesheim vergraben wurde“ beendet Müller die Besprechung und schreibt die entscheidende Frage in großen Buchstaben an das Whiteboard. „Und ich werde wohl Kriminalrat Bauer und Staatsanwalt Knopf Nachhilfe in Kurpfälzer Geschichte geben müssen“ denkt er sich noch bei der Fahrt in sein Neckargemünder Zuhause.

53

Die Meldung von Interpol ging gegen 16 Uhr auch bei der Federale Politie, der Belgischen Förderalen Polizei, in Brüssel ein. Im Gegensatz zu der Lokale Politie, die eher dem Charakter der deutschen Ordnungsbehörden entspricht, ist die Federale Politie für die Kriminalfälle zuständig. Wenn der für den Mord an dem Diamantenhändler Ulrik de Neve, der von der Antwerpener Ermittlungsbehörde auch schon lange einer einträchtigen Dealertätigkeit verdächtigt wurde, zuständige Ermittler Erik de Bruyne nicht bereits im Feierabend gewesen wäre, so hätte ihn die Interpol-Meldung noch heute erreicht. So aber findet er in einem internen Mail-Postfach einen Hinweis, dass es für die von ihm im Zusammenhang mit dem Mord an Ulrik de Neve eingegebenen Suchbegriffe „Münzen, Diamanten, BeneLux und Schmuggel“ einen Treffer im Zusammenhang mit einer Toten in Amsterdam gegeben hat.

54

Nach dem heute ergebnistechnisch sehr positiven Arbeitstag freut sich Rike Klein auf einen hoffentlich ebenso positiven Abend. Gegen 15 Uhr meldet sich Michael Bannings telefonisch bei ihr und schlägt vor, sich bei ihm zu treffen und dann gemeinsam einen schönen Abendspaziergang zu unternehmen. Das Wetter entspricht ihrer aktuellen Stimmung, damit trifft sie um kurz nach 18 Uhr vor Michael Bannings Wohnung am Beginn des Philosophenweges ein.

Als Neu-Heidelbergerin hatte sie bisher nicht die Gelegenheit, diesen Weg, der eine der Hauptattraktionen Heidelbergs ist, zu erleben. Während normale Touristen den Beginn der Straße schnell passieren, steht sie vor diesem repräsentativen Haus und fragt sich, wie Michael hier an eine der wenigen Wohnungen gekommen ist. Der Philosophenweg ist eine der gefragtesten und teuersten Wohnlagen von Heidelberg. Alte Herrenhäuser, Forschungsinstitute in historischen Gebäuden und einige neuere, sehr edle Villen stehen an diesem Weg. Als Rike das Wohngebäude betritt, fallen ihr zunächst die hohen Decken und der großzügige Treppenaufgang auf. Michael wohnt im dritten Stock und sie nimmt den im Foyer eingebauten Fahrstuhl. Oben angekommen, erwartet sie Michael Bannings bereits mit einem kleinen Blumenstrauß in der Hand. Er hat sich sichtlich in Schale geworfen. Ein modisches Jacket, eine eng geschnittene Jeans und feine italienische Schuhe geben ihm ein elegantes Erscheinen. Das gilt auch für Rike, die ihre heimische Modenschau mit einem flotten Kostüm, einer dazu passenden Strickjacke und einem eleganten Paar Schuhe mit flachen Absätzen beendet hat. Nach einem kleinen Begrüßungssekt schlägt Michael vor, über den Philosophenweg zum gleichnamigen Philosophengärtchen zu laufen. „Die Aussicht auf Stadt und Schloss von hier oben ist traumhaft“ wirbt er für das Unterfangen, auf das sich Rike gerne einlässt. Als Sie gemeinsam mit einigen anderen Touristen das Philosophengärtchen erreicht haben und die Aussicht auf Schloss, Alte Brücke und die berühmte Altstadt genießen, sagt Rike zu Michael „Wusstest Du übrigens, dass das Schloss 1689 unter dem Befehl des französischen Marschalls Mélac zerstört wurde?“ „Nein, das war mir bis eben unbekannt“ antwortete er. „Dann sollten wir uns gemeinsam etwas um die Heidelberger Geschichte kümmern, die hat offensichtlich viele Geheimnisse zu bieten“ sprach Rike, nahm ihren Michael bei der Hand und steuerte mit ihm gemeinsam die Bar an, in der Erik eine weitere Flasche Sekt öffnen durfte.

55

Es ist erst kurz nach acht Uhr, als sich auf dem Schreibtisch von Eerste Hoofdcommissaris Alex Hillaert in Amsterdam das Telefon meldet. Mit einem Blick erkennt er, dass der Anruf aus Belgien kommt und ist gespannt, was da jetzt auf ihn zukommen wird.

„Erik de Bruyne, Ermittler der Federale Politie in Antwerpen“ meldet sich sein Kollege aus Flandern und führt fort: „Herr Kollege, Sie haben in das Informationssystem von Interpol einen Sachverhalt eingestellt, der mir möglicherweise in einem Todesfall in Antwerpen weiterhelfen kann.“ Im weiteren Gesprächsverlauf berichtet de Bruyne, dass ein in Antwerpen bekannter Diamantenhändler schon lange verdächtigt wurde, den Schmuggel hochwertiger Münzen als Dealer organisiert zu haben. Als der Tote namens Ulrik de Neve aufgefunden wurde, entwickelten sich die Ermittlungen schnell in die Richtung. Sie vermuten, dass der Tod eher mit den illegalen Aktivitäten denn mit dem eigentlichen Diamantenhandel zu tun hat.

Sein niederländischer Kollege gibt anschließend offen zu, dass ihnen noch jeder Anhaltspunkt fehlt, um die Herkunft der von der Toten geschmuggelten wertvollen Münze nachzuvollziehen. Da sich beide Ermittler Fortschritte von einem gemeinsamen Austausch versprechen, vereinbaren Sie ein Treffen am nächsten Tag in Amsterdam.

„Vielleicht finden wir doch noch ein Endstück, von dem aus wir den Faden zu den Auftraggebern finden können" überlegt Alex Hillaerdt, nachdem er das Gespräch beendet hat.

56

Das Amtszimmer des Bürgermeisters der Gemeinde Meckesheim, Maik Brandt, ist sachlich und für einen Bürgermeister relativ bescheiden eingerichtet, denkt Rike Klein, als sie gemeinsam mit ihrem Kollegen Kriminalhauptkommissar Müller in dieses eintritt. Sie haben nach dem gestrigen Tag nochmals beschlossen, nach Meckesheim zu fahren und Bürgermeister sowie Tatort einen Besuch abzustatten.

Da Maik Brandt vor seiner Wahl zum Bürgermeister Polizist war, ist seine Neugier über den Stand der Ermittlungen verständlich.

„Was gibt es Neues, Kollegen?“ eröffnet er das Gespräch, nachdem er den Besuchern zwei Kaffee kredenzt hat. Klaus Müller, der den Bürgermeister noch aus seiner vorherigen Tätigkeit kennt, berichtet über die bisherigen Erkenntnisse und den begründeten Verdacht, dass der tote Sondengänger möglicherweise etwas Wertvolles gefunden hat. Sie vermuten, das Fundstück habe seinen Ursprung bei den Mansfeld`schen Truppen oder gar Ernst von Mansfeld persönlich.

„Wir haben uns intensiv mit der Frage beschäftigt, nach was er hier gesucht haben könnte. Und dabei waren uns die Ergebnisse Ihrer heimischen ‚Taskforce Martinskapelle' sehr hilfreich" führt Rike Klein weiter aus. „Nach einer ausführlichen Analyse, der Bewertung der möglichen Sachverhalte auch durch externe Historiker und Archivare, sind wir immer wieder auf das Jahr 1622 und die heillose Flucht der Mansfeld`schen Truppen aus Meckesheim gekommen. Andere Möglichkeiten, die auch von Ihnen und Ihrer Arbeitsgruppe ausgearbeitet wurden, schieden nach und nach aus vielerlei unterschiedlichen und plausiblen Gründen aus."

„Ihrer Argumentation kann ich folgen. Meckesheim hatte in der Vergangenheit nie viel Geld. Adelige gab es im Ort nicht und die bäuerliche Struktur der überwiegend auch bereits im Mittelalter freien Bauern ließ Großgrundbesitz und damit die Bildung größerer Vermögen nicht zu“ betrachtet der Bürgermeister die Historie nochmals von anderer Seite.

„Ich glaube, wenn die Meckesheimer gewusst hätten, dass auf dem Berg möglicherweise ein Schatz vergraben worden wäre, würde der heute durchlöchert sein wie ein Schweizer Käse. Aber das einzige größere Loch bei uns ist der Brauereikeller. Und den haben wir erst die letzten Jahre gangbar gemacht. Gerade das beweist, dass die Meckesheimer von dem damaligen Vorgang, sofern es ihn gegeben hat, keine Ahnung hatten.“

„Das würde uns nicht überraschen“ ergänzt Müller. „Schließlich würden auch wir, wenn wir etwas Wertvolles in Sicherheit bringen wollten, dies nur dem kleinstmöglichen Kreis Eingeweihter verraten.“

Nachdem die Kriminalbeamten den Bürgermeister gebeten hatten, die Informationen für sich zu behalten, äußern sie den Wunsch, nochmals auf die Martinskapelle zu gehen. Maik Brandt führt sie daraufhin über die Schlossergasse und den Gemeindeberg zur Kapelle. Hier verabschiedet er sich von den ehemaligen Kollegen mit dem Hinweis, dass er jetzt noch einen Termin in unmittelbarer Nähe wahrnehmen könne. Als er einige Meter entfernt ist, sagt Müller zu seiner Kollegin „Ich weiß nicht, ob ich mir das antun wollte. Auf einmal bist du rund um die Uhr zuständig von A wie Abwasser bis Z wie Zulagen für Gemeindemitarbeiter, und er scheint auch noch ausgesprochen Spaß an der Aufgabe zu haben." Und damit wenden sie sich nochmals dem Tatort und dem grausigen Geschehen des Jahres 2022 zu.

„Der Tote lag ja außerhalb der Begrenzungsmauer" ruft Rike Klein die Tat in Erinnerung. „Auffallend ist doch, dass das schon einige Meter von der Stelle weg ist, an der die Grabung stattgefunden hat. Also ist er entweder von dort geflohen, war bereits auf dem Weg zurück zum Auto oder hatte noch an anderer Stelle suchen wollen."

„Da wir ja kein Auto gefunden haben, können wir davon ausgehen, dass Täter und Opfer gemeinsam nach Meckesheim gekommen sind. Dies bedeutet, dass beide gemeinsam auf der Suche nach dem auf dem Friedhof vergrabenen Gegenstand waren. Und vermutlich sind sie nach dem Fund in Streit geraten, oder der Täter hat von Beginn an vorgehabt, die Beute nicht mit Egon Fischer zu teilen." Mit diesen Worten geht Müller hinüber zu der Fundstelle des Toten.

„Eines ist offensichtlich. Vermutlich war mindestens einer der beiden nicht zum ersten Mal hier. Von den Anwohnern der Martinsstraße wissen wir, dass dort weder in der Nacht noch den Tagen zuvor ein Auto aufgefallen ist. Das wäre es ja sofort, da die Straße dort endet und normalerweise dort keine fremden Fahrzeuge stehen. Also wurde das Fahrzeug wohl entweder auf der Luisenstraße, was möglicherweise auch aufgefallen wäre, oder auf dem Feldweg oberhalb der Kapelle abgestellt. Und letzteres würde passen, da der Tote auf einem Pfad liegt, der an dieser Gartenhütte und den Obstbäumen vorbei genau auf den Feldweg führt."

„Und wenn dem so ist" verfolgt Rike Klein Müllers Idee „wurde Egon Fischer wahrscheinlich erschlagen, als er mit dem Fundstück den direkten Weg zum Auto antreten wollte. Und der Täter hat dieses dann eiskalt mitgenommen, sich in sein oder Fischers Auto gesetzt und ist dann über die Felder davongefahren. Leider hat ihn dabei niemand von den Aussiedlerhöfen gesehen. Und auf unseren Aufruf haben sich auch keine anderen Zeugen wie Spaziergänger, Jogger oder Radfahrer gemeldet."

„Leider hat die Kriminaltechnik auch keine Fahrzeugspuren auf dem oberen Feldweg eindeutig sichern, geschweige denn zuordnen können. Da hilft uns ein mögliches Fluchtfahrzeug auch nicht weiter. Aber die jetzige Stunde auf diesem eigentlich so schönen Ort, die hat uns doch ein Stück vorangebracht." Mit dieser Müller`schen Feststellung gehen sie zurück in das Zentrum von Meckesheim. Als sie ein italienisches Lokal in der Friedrichstraße mit einer kleinen Speisekarte entdecken, beschließen sie, ihre Mittagspause in diesem gastlichen Ort zu verbringen. „Hier in Meckesheim könnte ich es auch aushalten" sagt Müller beim Espresso, der auf eine feine Pizza folgte. „Nein, da bleibe ich lieber in der Stadt“ widerspricht Rike Klein sofort. In diesem Moment wird ihr klar, dass sie dabei eher nicht an die Stadt Heidelberg, sondern einen Menschen denkt, der im Heidelberg College gerade versucht, der Schülerschaft die Feinheiten der englischen Sprache beizubringen.

57

Das „Sonnenglück“ war auch heute Nachmittag Treffpunkt des illustren Kreises mehr oder weniger erfolgreicher Sondengänger aus der Kurpfalz. Natürlich hatte sich inzwischen auch zu ihnen die Nachricht verbreitet, dass ihr Stammtischbruder Egon Fischer in Meckesheim einem Mord zum Opfer gefallen ist.

Neben Klaus aus Mannheim, Willi aus Schifferstadt, Ladislaus aus Speyer und Patrick aus Sinsheim war heute auch der jüngste Stammtischbruder Max aus Friedrichsfeld mit dabei. Natürlich drehte sich anfänglich alles um den toten Egon.

„Der war ja die letzten Monate schon komisch drauf“ fasste gerade Willi seine Eindrücke zusammen. „Hat immer von seinen Büchern aus dem Antiquariat berichtet und dass er irgendwann den großen Durchbruch packt.“ „Davon träumt ja jeder“ wendet der bisher meist erfolglose Klaus ein. „Aber sind wir doch mal ehrlich. Hinweise aus Büchern haben eigentlich bisher immer am wenigsten geholfen. Ein klarer Verstand und etwas Glück sind sicher das beste Erfolgsrezept. Schade nur, dass zumindest bei mir das Glück bisher nicht eingeschlagen hat“ fügt er mit einem resignierenden Ton hinzu.

„Hat er denn gesagt, was er eigentlich genau sucht?“ wollte der Jüngste im Kreis der Sondengänger wissen. „Nein, es blieb immer nur bei Andeutungen“ beantwortet Patrick die Frage. „Vor zwei Wochen hat er mir noch gesagt, dass es erstaunlich wäre, was selbst in Kriegszeiten noch an Schätzen vergraben worden wäre. Ich habe natürlich nachgefragt, aber da hat er geschwiegen wie ein Grab. Und jetzt liegt er selbst in Kürze in seinem eigenen.“

„Er war ja ein ziemlicher Einzelgänger“ stellt Ladislaus fest. Ich habe ihn mal gefragt, ob wir gemeinsam auf die Suche gehen können. Aber da hat er sofort dankend abgewunken. Sie wären als schon zu zweit. Mehr wollte er aber nicht sagen. Ich hatte den Eindruck, dass Egon weniger an unserer Gesellschaft, als mehr am Austausch über die neuesten technischen Entwicklungen bei unseren Sonden Interesse hatte.“ Und mit diesem Stichwort wechselt das Thema vom toten Egon hinüber zu der neuesten Errungenschaft von Klaus, einer „Metallsonde XP Deus mit der Firmware 5.21“, die ihn hoffen lässt, dass das Glück in Kürze bei ihm doch noch einschlagen wird.

Als der Kurpfälzer Stammtisch sich gegen 18 Uhr auflöst, sind alle über die Vorteile der neuesten Sondengeneration informiert. Für einen aus ihrem Kreis war die wichtigste Neuigkeit hingegen, dass Egon zumindest zeitweise mit einem zweiten Sondengänger gemeinsam auf der Suche war.

58

Während ihrer Mittagspause in Meckesheim schrieb Rike Michael eine kurze Nachricht. Sie sei noch nie mit der Heidelberger Bergbahn gefahren und wolle ihn fragen, ob er Lust habe, mit ihr diese abenteuerliche Fahrt auf sich zu nehmen. Die Antwort war innerhalb weniger Sekunden auf ihrem Display zu lesen. Ein Lächeln huschte kurz über ihr Gesicht.

So verabschiedete sie sich bereits kurz vor 16 Uhr aus ihrem Büro und steht wenig später mit Michael vor der sehr modernen Bergbahn am Kornmarkt. Diese nutzen die Touristen aus aller Welt, um nach einer sehr kurzen Fahrt am Schloss bereits wieder auszusteigen. Rike und Michael fahren hingegen mit wenigen anderen Fahrgästen weiter bis zur Station Molkenkur. Hier gilt es, umzusteigen und dann mit der über 100 Jahre alten historischen Bahn bis auf fast 500 Meter Höhe zur Bergstation Königstuhl aufzufahren. Michael, der selbiges in England noch nicht erlebt hat, ist genauso begeistert wie die eher flachlandorientierte gebürtige Nordfriesin. Oben angekommen öffnet sich ein herrlicher Blick auf die Stadt Heidelberg, die Rheinebene und in der Ferne den Pfälzer Wald.

„Ist das nicht herrlich?“ strahlend schaut Rike Michael in die Augen. „Wunderbar“ - zu mehr ist er nicht in der Lage. Sie nimmt ihn bei der Hand und nach einem kleinen Rundgang um Funkturm und Märchenparadies sitzen sie wenig später auf der Aussichtsterrasse des Berghotels Königstuhl. Erst als es deutlich kühler wird und sie feststellen, dass in zwei Minuten die letzte Bergbahn in die Stadt fährt, zahlen sie und rennen wie die Kinder zur fast musealen Bahn.

„Beeile Sie sisch, isch hab gleisch Feierowet“ ruft ihnen die freundliche Bergbahnführerin im breiten Kurpfälzer Dialekt zu. Als sie dann als einzige Fahrgäste eng beieinanderstehend hinab fahren, fliegen sowohl bei Rike als auch Michael ganze Flugzeugschwärme durch den jeweiligen Bauch. „So könnte es immer bleiben“ denkt Michael und stellt zum wiederholten Male fest, dass er keinerlei Sehnsucht nach seiner englischen Heimat hat.

59

Die schnellste Verbindung zwischen Antwerpen und Amsterdam ist rot und hört auf den Namen Thalys. Einen solchen Hochgeschwindigkeitszug besteigt Erik de Bruyne, der belgische Ermittler, um zu seinem niederländischen Kollegen Alex Hillaert zu kommen. Die gut einhundertsechzig Kilometer sind in etwas mehr als einer Stunde zurückgelegt, und so treffen sich die zwei Ermittler gegen 9 Uhr erstmals in einem kleinen Besprechungsraum der Polizei nahe des Amsterdamer Hauptbahnhofs.

Alex Hillaert berichtet zuerst über die Vorfälle am Flughafen Schiphol. Es sei davon auszugehen, dass der Schmuggel normalerweise nicht aufgefallen wäre. Lediglich durch einen Betrunkenen, den Tod der Frau und wachsame Mitarbeiter bei Fundbüro und Kriminaltechnik wurden sie auf den versuchten Schmuggel aufmerksam. Die Münze sei inzwischen als Zehnfach Golddukat aus dem Jahr 1592 identifiziert. Diese würden, sofern überhaupt noch welche auf den Schwarzmarkt kommen, mit bis zu hundertfünfzigtausend Euro gehandelt. Die Schmugglerin namens Angie van Leeuwen habe den Aliasnamen Nancy de Boer genutzt. Es sei aber davon auszugehen, dass sie unter weiteren falschen Namen diverse Auftragsschmuggel durchgeführt habe. Wegen einer solchen Straftat sei sie auch schon mit dem niederländischen Gesetz in Konflikt gekommen.

„Das passt zu unseren Erkenntnissen" führt Erik de Bruyne fort. „Wir hatten seit Jahren Hinweise, dass ein Händler aus dem Antwerpener Diamantenviertel einen sehr lukrativen Nebenerwerb ausübt. Konkret ging es um den illegalen Handel von historischen Münzen. Ein Insider-Tipp, der möglicherweise einen Konkurrenten ausschalten sollte, brachte uns auf Ulrik de Neve. Der war aber ausgesprochen vorsichtig. Obwohl wir ihn, sein Geschäft und sein Haus monatelang beobachteten, konnten wir ihm nichts nachweisen. Es ist nunmehr schwierig nachzuvollziehen, ob ein Kunde zu ihm kommt, um mit Diamanten oder illegalen Münzen zu handeln. Einige seiner Kunden konnten wir jedoch identifizieren. Und dies erhärtete nochmals den Verdacht, dass er in illegale Geschäfte verwickelt war."

„Und um welches Volumen geht es dabei?" fragte Hillaert nach. „International geht es um Schmuggel im großen Stil. Es gibt unzählige Sammler historischer Münzen. Und je seltener und wertvoller, desto größer ist die Gier, solche Münzen in der eigenen Sammlung zu haben. Da rechtlich gesehen, eigentlich in der ganzen Welt, staatliche Institutionen Eigentum an gefundenen Schätzen erwerben, ist klar, dass der lukrative Handel sich überwiegend im Bereich der Kriminalität abspielt. Und hierbei gibt es dann Schatzsucher, Boten, Dealer, Schmuggler und Käufer. Die Aufzählung alleine reicht zu erkennen, dass es ein Umfeld mit vielen Beteiligten gibt.

Weshalb ich bei Ihnen bin, ist die zeitliche Nähe zwischen dem Mord an Ulrik de Neve und den Vorgängen hier am Flughafen Schiphol. Wenn wir unterstellen, dass Ihre Tote Ware meines Toten schmuggeln wollte, so würde das bedeuten, dass der Mord in Antwerpen nach dem gescheiterten Schmuggelversuch passiert ist. Und das wiederum bedeutet, dass möglicherweise ein Kunde von de Neve mit dem gescheiterten Transfer sehr unzufrieden war."

„Was wissen wir über einen möglichen Kunden von Angie van Leeuwen?" stellt de Bruyne eine wichtige Frage. „Nun, eigentlich nicht viel, aber gleichzeitig doch einiges." Hillaert zählt auf: „Der von ihr gebuchte Flug ging nach Moskau, Rückflug zwei Tage später. Weitere Flüge vom Flughafen Moskau hat sie nicht gebucht. Dies bedeutet, dass ihr Empfänger vermutlich in Moskau oder der dortigen näheren Umgebung zu suchen ist. Darüber hinaus wissen wir, dass es ein vermögender Mensch sein muss. Die vorhin genannten hundertfünfzigtausend Euro dürften für die Münze inklusive der Zahlungen an de Neve und van Leeuwen fällig geworden sein. Das reduziert schon mal die verdächtigen Moskowiter um einige Millionen Menschen."

„Weiter ist zu vermuten, dass es ein bereits leidenschaftlicher Münzsammler ist. Normalerweise fangen Sammler nicht mit so kostbaren Münzen an. Dies steigert sich nach und nach. Und somit muss unser Sammler, oder auch die Sammlerin, bereits einige Zeit diesem Hobby frönen“ fügt de Bruyne hinzu. „Gibt es Anhaltspunkte, dass van Leeuwen bereits öfters in Russland war?“ hakt de Bruyne nach. „Nein, keinerlei. Wir können es aber nicht ausschließen, da sie nachweislich ja weitere Namen benutzte. Eine hundertprozentige Sicherheit gibt es da nicht“ kommt die Antwort seines holländischen Kollegen.

Das weitere Gespräch wendet sich dann eher technischen Fragestellungen über die Eigenarten des internationalen illegalen Handels mit Münzen zu. Dabei gibt Hillaert gegenüber seinem Kollegen zu verstehen, dass er in Sachen Internet und Darknet wenig Kenntnisse besitzt. Deshalb hatte er sich - um weitere Informationen zu erhalten - Rat bei der National High Tech Crime Unit der niederländischen Polizei geholt. Dies ist eine Spezialeinheit, die sich auf digitale Verbrechen und mit Hilfe des Inter- und Darknets ermöglichte

Straftaten spezialisiert. Was er dort in einem mehrstündigen Gespräch erfahren habe, ließe ihm die Haare zu Berge stehen. „Sie können sich nicht vorstellen, wie professionell hier Diebe, Dealer und Käufer vernetzt sind. Unglaublich schwer aufzudecken. Die Deals laufen in einer Geschwindigkeit ab, dass die Polizei immer nur wie ein Windhund hinterherhecheln kann“ gibt Hillaert seinem Kollegen zu verstehen. „Ich habe in solche Dinge auch nur sehr begrenzten Einblick, werde aber auch mal mit meinen Kollegen reden“ gibt der offen zu. Wir haben über unsere Kriminaltechnik natürlich alle DV-Geräte aus dem Geschäft und der Wohnung de Neves untersucht. Aber die waren ohne Zweifel alle sauber. Wir vermuten, dass er noch irgendwo anders in Antwerpen eine Art Filiale hatte und von dort seine illegalen Aktivitäten voranbrachte. Aber Beweise oder sogar den Ort selbst haben wir leider bisher nicht gefunden.“

„Ich werde unseren gemeinsamen Überlegungen folgend nochmals Kollegen

in Antwerpen auf die Frage ansetzen, ob wir Menschen aus dem Geschäft von de Neve auf Video haben, die wenig später möglicherweise auf einem Flug nach Russland waren. Das würde unsere These deutlich erhärten und glücklicherweise sind natürlich sowohl das Diamantenviertel als auch die Flughäfen Antwerpen wie Brüssel videoüberwacht."
„Und sollten Sie dort keinen Erfolg haben, überprüfe ich mit Ihren Bildern anschließend den Flughafen Schiphol" bietet Hillaert freundlich an.

Nachdem sie noch eine weitere gemeinsame Tasse Kaffee getrunken haben, begleitet Hillaert seinen Kollegen de Bruyne zum Amsterdam Centraal. Wenig später sitzt dieser bereits in seinem Thalys zurück nach Antwerpen. Hillaert beschließt, nochmals bei seinen Kollegen der National High Tech Crime Unit vorbeizugehen.

60

Das Kurpfälzische Museum in Heidelberg ist eine wahre Schatzkammer, wenn es um Fundstücke aus der Kurpfalz oder historische Darstellungen der Städte und wichtigsten Personen der Kurpfalz geht. Was die wenigsten auch in Heidelberg wohnenden Menschen wissen ist, dass das Kurpfälzische Museum auch als „Untere Denkmalschutzbehörde“ für die Stadt Heidelberg tätig ist und selbst Ausgrabungen in Heidelberg und der näheren Umgebung initiiert. Insofern ist es viel mehr als nur ein Museum, viele der ausgestellten Fundstücke gehen auf die Aktivitäten des Museums selbst zurück.

Es ist kurz vor 10 Uhr, als Rike Klein, die heute erstmals in diesem Museum ist, die Jupitersäule aus dem zweiten Jahrhundert gefunden hat. Im Gegensatz zu den anderen Räumen ist es hier weniger grell ausgeleuchtet. Auch sind deutlich weniger Besucher in der archäologischen Abteilung unterwegs. „Offensichtlich ist Archäologie doch eher ein Randthema und nur für wenige Menschen interessant“ denkt Rike, nachdem sie fünf Minuten alleine an der vereinbarten Stelle gestanden hat.

„Guten Morgen“ klingt es leise aus dem Hintergrund. Neben Rike stellt sich ein etwa 35jähriger Mann, der als erstes klarmacht, dass er anonym bleiben möchte und auch nicht bereit ist, eine amtliche Aussage zu machen. „Ich bin nur hier, weil mich der Kramer von der Polizei in Mannheim mal aus einer blöden Klemme befreit hat und mich dringend bat, mit Ihnen zu reden“ baut er eine weitere Bremse ein. „Ich bin froh, dass Sie da sind“ beginnt Rike ihre Charmeoffensive. „Wie Sie wissen, habe ich die Aufgabe, den Tod von Egon Fischer aufzuklären. Und wir treten auf der Stelle, weil wir zu wenig über ihn, sein Umfeld und sein ungewöhnliches Hobby wissen.“

„Da sind Sie nicht die Einzigen“ antwortet der Unbekannte, der im Schifferstädter Stammtisch unter dem Namen Max bekannt ist. „Wir Sondengänger sind normalerweise eher von der schweigsamen Sorte. Wer dieses Hobby ausübt, ist normalerweise gebildet, liest viel, informiert sich alleine vor dem PC und sucht anschließend auch alleine. Selbst über Funde freut man sich nur ausnahmsweise mal in den eingeweihten Kreisen. Und so einer war auch der Egon."

„Wissen Sie, an was Herr Fischer aktuell dran war?" zieht Rike das Gespräch in ihre Richtung. „Ja, ganz grob. Er hat uns schon seit Monaten in den Ohren gelegen, dass er an was Großem aus uralter Zeit dran sei. Der war ganz wild auf Erfahrungen mit der neuesten Generation der Sonden. Anscheinend hatte er mit seinem alten Gerät das Problem, dass dieses nicht fein genug zwischen irgendwelchen Metallen im Boden und metallischen Münzen unterscheiden konnte. Sondentechnik war lange Zeit bei ihm nie ein Thema, aber die letzten Treffen hat er von nichts anderem geredet. Zuletzt hat er wohl ein Top-Modell für über fünftausend Euro bestellt." „Und welche Themen haben ihn noch bewegt?" fragte Rike, während sie die archäologischen Bereiche verlassen und am Treppenaufgang eines der berühmtesten Bilder von Heidelberg erblicken. „Nun, da sind wir fast alle gleich" flüstert der Unbekannte ihr zu.

„Alles was Militaria-Funde angeht. Da ist ja noch richtig Kohle zu machen. Das Zeug verkaufen sie selbst auf jedem Flohmarkt mit richtig Gewinn. Und wenn`s was Seltenes gibt, dann auch zu fast jedem Preis.“ „Jedem Preis“ echotet die Ermittlerin „aber doch nicht auf dem Flohmarkt.“

„Natürlich nicht, da gibt es dann andere Abnehmer“ Stolz ist aus der Stimme des Mannes herauszuhören. „Einige von uns kennen schon Mittel und Wege, auch richtig gute Funde unter die Leute zu bringen. Ich sage nur Internet und ähnliches.

Natürlich reden wir auch mal bei einem Bier über solche Wege. Und insofern hat auch der Egon sicher mal was darüber gehört. Ich glaube aber nicht, dass der Egon dazu in der Lage war. Der hatte doch in seiner Bude nicht mal einen Rechner. Das war ein richtiger Messie. Hat alles gesammelt, was irgendwie mit Sonden und Funden zu tun hatte. Aber nur analog, nie digital.“ „Dann musste er ja jemanden haben, der ihm half, seine Funde zu verticken“ gibt Rike einen weiteren

Impuls, während sie vor dem Bild der „Lieselotte von der Pfalz" stehen. „Ja, das haben wir auch vermutet. Der war aber nicht aus der klassischen Szene. Wir in der Szene kennen uns meist untereinander. Wir wissen in der Regel auch, wenn sich zwei oder mehrere Sondengänger zu einem Team zusammentun. Das kommt aber sehr selten vor. Wie gesagt, wir sind eigentlich Einzelgänger."

Das weitere Gespräch plätschert ohne große weitere Impulse vor sich hin. Als Rike und der Unbekannte ihre Jacken von der Garderobe nehmen, verabschieden sie sich und der Unbekannte sagt zu ihr: „Damit habe ich alle Schulden gegenüber eurem Laden getilgt. Wäre aber gut, wenn Sie den Mörder von Egon finden würden. Ich kann Ihnen nicht mehr weiterhelfen." Mit diesen Worten reiht sich der Unbekannte in den steten Fluss der Menschen in der Heidelberger Hauptstraße ein, um wenig später vom S-Bahn-Haltepunkt Karlstor in Richtung Mannheim zu fahren.

Rike setzt sich in ein nahes Café und macht sich folgende Notizen:

- Partner mit DV-Kenntnissen
- Nicht aus der klassischen „Sonden-Szene“
- Aus dem Umfeld von Egon Fischer, das als Einzelgänger eigentlich nicht vorhanden ist

Nachdenklich geht sie dann in das Gebäude der Kriminaldirektion, wo sie umgehend Kriminalhauptkommissar Müller und ihren gemeinsamen Assistenten Schubert über das Gespräch und die wesentlichen Ergebnisse informiert.

61

Als Rike mit ihrem ausführlichen Bericht geendet hat, liest Schubert eine Interpol-Meldung vor, die er bei seiner Recherche gefunden hatte.

Meldung von Nationale Polite in Amsterdam an Interpol:

Im Zusammenhang mit einem Todesfall am Flughafen Schiphol ist der versuchte Schmuggel einer wertvollen Goldmünze entdeckt worden. Es handelt sich um einen „Zehnfach Golddukat" aus dem deutschsprachigen Raum und dem Jahre 1592. Zustand: vorzüglich, Bilder im Anhang

Ansprechpartner: Eerste Hoofdcommissaris Alex Hillaert von der niederländischen Nationale Polite in Amsterdam

„Ich habe dort gleich angerufen. Der zuständige Kollege war in einer Besprechung. Die Kollegin am Telefon konnte mir aber bestätigen, dass der Schmuggel genau vier Tage nach dem Mord in Meckesheim versucht wurde. Der zehnfach Golddukat von 1592 ist dem deutschsprachigen Raum zuzuordnen und vom Zustand so hervorragend, dass eine Aufbewahrung in einem von Umwelteinflüssen sicheren Behältnis wahrscheinlich ist."

„Das wäre doch ein komischer Zufall, wenn das nichts mit unserer Grabung und dem Mord in Meckesheim zu tun hätte" Müllers Augen fangen bei diesem Satz an zu leuchten. „Hoffentlich meldet sich der holländische Kollege bald, wir müssen wissen, was denen bereits bekannt ist."

Und mit diesen Worten marschiert er schnurstracks zu seinem Vorgesetzten Kriminalrat Bauer. Neben der Information über den aktuellen Stand will er der Hoffnung Ausdruck verleihen, dass die Ermittlungen bald ein großes Stück vorankommen könnten.

„Die entscheidende Frage ist dennoch, wer der unbekannte Partner unseres Toten ist, der a) nicht aus der Sondenszene kommt, b) im Internet recherchieren kann und c) dann in der Lage ist, eiskalt einen Mord auszuführen" fragend schaut Rike Daniel

Schubert an. „Und das bei einem Toten, der offensichtlich totaler Einzelgänger ist und nicht einmal Familie hat“ bringt dieser es auf den Punkt.

62

„Das blöde an meinem Beruf ist, dass es Zeiten ohne freie Tage und Wochenende gibt“ versucht Rike ‚ihrem‘ Michael schonend die Nachteile einer Ermittlerin bei der Kriminalpolizei nahe zu bringen. „Dafür habe ich 13 Wochen im Jahr frei“ ist die nicht ganz ernst gemeinte Antwort des Pädagogen am Heidelberg College. „Und da ich ausschließlich Englisch und Sport unterrichte, hält sich der organisatorische Aufwand zur Vorbereitung des jeweiligen Unterrichts in Grenzen. Nicht nur so gesehen, bin ich eben ein Genießer“. Sprachs und beißt zur Verstärkung des gesagten in das von Erik gebrachte Sandwich mit Käse und Schinken. „Jetzt ohne Quatsch - das Zusammensein mit mir kann schon sehr anstrengend sein. Ich bin sicher nicht einfach und mein Job schon zweimal nicht.“ „Ist mir eigentlich egal. Solange du meine Marotten akzeptierst und möglicherweise auch mal bereit bist, die englische Küche in meiner Grafschaft Devon zu testen, nehme ich dich so wie du bist.“ Und da Michael bei diesem Satz sein unwiderstehliches Gute-Laune-Gesicht aufsetzt, kann Rike nicht widerstehen und drückt ihm einen unerwarteten Kuss auf die Lippen.

„Wie weit seid ihr eigentlich in eurer Mordsache? Die Rhein-Neckar-Zeitung und auch der örtliche Radiosender machen ja ganz schön Druck, weil ihr keine Erfolge vermeldet“ spricht Michael ein sensibles Thema an. „Wir kommen voran. Langsam, aber stetig. Die Presse macht natürlich Druck, das hilft uns aber bei den konkreten Ermittlungen auch nicht weiter. Gestern waren wir nochmals in Meckesheim, heute haben wir eine Information von Interpol erhalten, die uns vielleicht auch helfen kann. Ich hoffe, dass wir morgen nach dem Telefonat mit dem holländischen Kollegen mehr wissen.“

„Wie sind denn hier die Dörfer? Seit ich in Deutschland bin, habe ich außer Frankfurt, der Autobahn und Heidelberg noch nichts gesehen. Sind die auch so verschlafen wie in unseren Countys?“ „Verschlafen war zumindest im Winter meine kleine Insel in der Nordsee“ antwortet Rike. „Aber hier scheint man auf dem Land gut leben zu können. Meckesheim zum Beispiel ist ein Dorf mit etwa viertausend Einwohnern. Beim Mittagessen habe ich gehört, wie einer gesagt hat, dass es dort 12 Kneipen gibt. Leider keine Pubs, aber die Menschen scheinen trotzdem gerne dort hinzugehen. Jetzt feiern sie auch dieses Jahr noch den zwölfhundertsten Geburtstag. Stell dir vor, schon 822 haben in diesem Dorf nachweislich Menschen gelebt und manche Familien sind durch alle Kriege und Hungersnöte hindurch geblieben." „Jetzt hast du mich neugierig gemacht. Wenn deine Ermittlungen vorbei sind, packen wir mal unsere Räder und fahren gemeinsam dorthin. Wenn du erst in einer Kneipe warst, gibt es ja noch viel für uns zu entdecken."

Und mit einem Wink zu Erik ordert Michael flüssigen Nachschub, um anschließend Rike zurück über den Neckar zu ihrer Wohnung zu begleiten.

63

Über den Anruf der Kriminalpolizei aus Heidelberg wurde der Eerste Hoofdcommissaris Alex Hillaert von der Nationale Politie Amsterdam noch am gestrigen Tag informiert. Pünktlich zur vereinbarten Zeit wählt er die Heidelberger Nummer und ist gespannt, was die Kollegen aus der selbst ihm bekannten Stadt von ihm wollen.

Sein Ansprechpartner stellt sich als Kriminalhauptkommissar Klaus Müller vor. Der bittet, das Gespräch in den Raum laut übertragen zu dürfen. Anwesend seien noch zwei weitere Kollegen aus dem Ermittlungsteam und ihr Vorgesetzter, Kriminalrat Bauer. „Herr Kollege" beginnt KHK Müller „wir haben mit größter Aufmerksamkeit die Interpol-Meldung zu dem entdeckten Schmuggel gelesen. Wenige Tage zuvor hat es bei uns einen Mord an einem Sondengänger gegeben. Ist Ihnen bekannt, was Sondengänger im deutschen Sprachgebrauch sind?" fragte Müller sicherheitshalber nach.

„Der Begriff ist mir geläufig. In den Niederlanden haben wir große Probleme mit diesen Personen und ihrer illegalen Suche“ bestätigt die Stimme aus Amsterdam. „Gut, wir gehen davon aus, dass unser Toter in dem kleinen Ort Meckesheim erfolgreich nach wertvollen Funden, wahrscheinlich aus dem Jahr 1622, gesucht hat. Wir sind relativ sicher, dass eine Kiste oder ähnliches in unmittelbarer Nähe des Tatortes in der Nacht ausgegraben wurde. Wir vermuten ferner, dass ein noch unbekannter Komplize des Toten diesen möglicherweise im Streit oder auch geplant um seinen Anteil brachte“ fasste Müller in aller Kürze die mühsamen Ermittlungsergebnisse seines Teams zusammen.

„Aus der zeitlichen Nähe zur Tat und der sehr genau passenden geschichtlichen Einordnung ihrer Münze wäre es ein komischer Zufall, wenn ihr und unser Fall nichts miteinander zu tun haben. Und deshalb haben wir uns in Ihrer Dienststelle gemeldet“ endet Müller seine Darstellungen.

„Sie sind nicht der Erste, der sich deshalb bei mir meldet“ Hillaert berichtet ausführlich über den Kontakt mit dem belgischen Kollegen de Bruyne und dessen Vermutung, dass ein Diamantenhändler, der auch mit heißen Münzen handelt, wegen der gescheiterten Lieferung ums Leben kam. Aus seiner Sicht passe das irgendwie alles in ein Bild.

„Das sehen wir auch so“ hört Hillaert eine unbekannte Frauenstimme aus dem Hintergrund sagen. „Zusammengefasst würde das bedeuten, dass bei uns in Meckesheim der zehnfach Golddukat gefunden und dann bei einem Dealer in Antwerpen zu Geld gemacht wurde. Anschließend hat der Dealer einen erfahrenen Kurier mit dem Transfer der Münze zu einem wohlhabenden Käufer in Moskau oder Umgebung beauftragt, und weil dieses schief gegangen ist, hat er vielleicht sein Leben verloren.“

„Exakt Kollegin“ rufen Kriminalrat Bauer und der holländische Ermittler gemeinsam. Selten war eine derart komplizierte

Indizienkette schlüssiger vorgetragen worden.

„Dann habe ich möglicherweise noch eine gute Nachricht für Sie, Kollegen“ hören die Ermittler im Heidelberger Büro den Kollegen sagen. „Der Dealer hat offensichtlich regelmäßig Besuch in seinem hochgesicherten Geschäft im Antwerpener Diamantenviertel empfangen. Die dortige Gegend ist die am besten mit Video überwachte Ecke von ganz Belgien. Wenn Sie viel Glück haben, ist vielleicht der Verkäufer der Münze auf einem der Videos zu sehen. Kollege de Bruyne kann Ihnen da sicher weiterhelfen.“

Nachdem das Gespräch beendet war, schwirren die Stimmen im Heidelberger Dienstzimmer ganz aufgeregt durcheinander. Das Jagdfieber ist erwacht und sofort versucht Kriminalhauptkommissar Klaus Müller seinen Kollegen Erik de Bruyne, Ermittler der Federale Politie, in Antwerpen zu erreichen.

Doch sein Elan wird jäh gebremst, als er von einer dortigen Kollegin in Englisch erfährt, dass der Kollege heute Urlaub hat und erst morgen früh wieder zu erreichen ist.

64

Nach einer kurzen Kaffeepause am dezernatseigenen Kaffeeautomaten treffen sich Klein, Müller und Schubert noch einmal, um das soeben gehörte zu diskutieren.

Auch nach einer weiteren Stunde sind sie sich sicher, dass die Spur und der vermutete Ablauf in der Kurpfalz, den Niederlanden und Belgien in sich schlüssig und absolut logisch sind. Und ein zehnfach Golddukat in herausragendem Zustand von 1592 ist ohne Zweifel weit über einhunderttausend Euro auf dem Schwarzmarkt wert, und damit ein klares Mordmotiv. Als sich die Diskussion nur noch um den Golddukat dreht, weist Schubert darauf hin, dass möglicherweise dies ja nur eine von vielen Münzen gewesen sein kann, die von Egon Fischer und dem vermutlichen Mörder gefunden wurden.

„Damit haben wir ja wieder eine Information, die uns hilft, den Mörder einzukreisen“ meint Rike Klein und schreibt an das Whiteboard:

Unbekannter Mörder:

- Partner von Egon Fischer mit DV-Kenntnissen
- Nicht aus der klassischen „Sonden-Szene“
- Aus dem Umfeld von Egon Fischer, das als Einzelgänger eigentlich nicht vorhanden ist
- Kontakt nach Belgien oder in Dealer-Szene

„Wer bist du“ sagt sie vor sich hin, als sie sich von der Tafel abwendet.

65

„Wer ist er nur?“ sagt der jetzt zivile Kriminalhauptkommissar Müller, als er mit seiner Frau an der neuen Kücheninsel steht, die ihn viele graue Haare und noch mehr Geld gekostet hat. „Was wisst ihr denn über euer Phantom?“ will seine Frau wissen, die zwar noch nie etwas zu der Lösung eines Falles, dafür aber zur deutlichen Steigerung der Laune ihres Mannes beitragen konnte. „Eigentlich nur, dass es ihn gibt, er wohl gemeinsam mit dem Ermordeten auf der Suche war und er vermutlich anschließend in Belgien versucht hat, mindestens eine Münze zu verticken. Wenn wir Glück haben, wurde er gefilmt. Aber selbst wenn, ist noch lange nicht gesagt, dass wir etwas mit den Bildern anfangen können. Wir kennen praktisch niemanden aus dem Umfeld des Getöteten. Es gibt keine Familie, Freunde oder engere Nachbarn. Das war ein Einzelgänger, der selbst gegenüber anderen Schatzsuchern sehr verschlossen war. Also wer kann das sein?“ hilflos schaut Müller seine Frau an.

„Der Mörder ist immer der Gärtner, das sang schon Reinhard Mey“. Lachend ergreift seine Frau Anne den Topf und trägt ihn zu Tisch, wo zwar für drei eingedeckt ist, aber ihre Tochter wie immer in letzter Zeit nicht dabei sein wird. „Ja, nicht einmal den hatte unser Toter“ sprach Müller und griff herzhaft bei Gulasch und Spätzle zu.

66

Als Michael Bannings erwacht, hat er zunächst Orientierungsprobleme. Wo ist seine Nachttischlampe und warum hat er nur einen kleinen Teil seiner Decke über sich? Erst nach wenigen Sekunden wird ihm klar, dass er weder in seinem Bett noch im Philosophenweg genächtigt hat. Ein wohliger Schauer läuft ihm über den Rücken, als er an den weiteren Verlauf des gestrigen Abends denkt. Bevor er Rike auf der Häuserstraße eine Gute Nacht wünschen konnte, hatte sie ihn ergriffen und widerstandslos einfach mit in ihre kleine Wohnung gezogen. Er weiß nicht mehr genau, wie sie dann von der Diele ins Wohnzimmer und danach ins Schlafzimmer gekommen sind. Aber es war einfach himmlisch!

„Aufwachen, du Träumer“ hört er eine wohlbekannte Stimme sagen, die nur mit einem Hemd bekleidet und einer Tasse Kaffee in der Hand wieder in sein reales Leben tritt. „Ich bin ein Glückskind“ hört sie ihn sagen und nach weiteren Liebkosungen entwindet sie sich seinem Zugriff mit den Worten „Es ist schon spät.

Auf dich warten zahlreiche attraktive Schülerinnen und ich muss noch einen Mörder fassen.“ Nachdem beide eine zweite Tasse Kaffee im Stehen zu sich genommen haben, radeln sie Richtung Neckar beziehungsweise Polizeidirektion. Sowohl die Kollegen als auch die Schülerschaft wundern sich an diesem grauen Tag, wie Rike oder ihr Lehrer bei diesem Wetter so eine grauenhaft gute Laune haben können.

67

Der Anruf aus Antwerpen kam erst am späten Vormittag. „Goedemorgen“ tönt es niederländisch, welches auch in Flandern gesprochen wird, aus dem Hörer. Klaus Müller vermutet zuerst, dass der belgische Kollege Erik de Bruyne kein deutsch spricht, das stellt sich aber glücklicherweise sofort als Irrtum heraus. „Kollegen, ich hoffe, dass wir uns gegenseitig helfen können“ beginnt dieser das Gespräch. „Da sind wir uns sogar relativ sicher, Herr de Bruyne“ kommt aus Heidelberg die Antwort. „Wir ermitteln hier in einem Mordfall, der sich in Meckesheim, einem kleinen Ort zwanzig Kilometer entfernt von hier, abgespielt hat. Inzwischen vermuten wir, dass eine in diesem Zusammenhang vermutlich gefundene Münze aus dem 16. Jahrhundert bei Ihrem Toten in Antwerpen gedealt wurde. Die Münze ist mit über hunderttausend Euro extrem wertvoll, wahrscheinlich wollte einer der Finder diese Summe nicht teilen. Wir haben jetzt die Hoffnung, dass Sie uns helfen können, diesen Menschen zu identifizieren.

Kollege Hillaert in Amsterdam, mit dem wir gestern telefoniert haben, meinte, Sie verfügten über Videoaufnahmen des Bezirks“ endet Müller. „Ja, das ist richtig“ bestätigt de Bruyne. „Wir beobachten das Geschäft von de Neve schon längere Zeit. Leider erfolglos - illegale Handlungen konnten wir nie nachweisen. Teile der ein- und ausgehenden Kundschaft in seinem Geschäft haben uns aber in der Annahme bestätigt, dass hier nicht alles mit rechten Dingen zugeht. Deshalb haben wir unsere Videoüberwachung des entsprechenden Straßenabschnitts der Hoveniersstraat auch nicht wie üblich nach wenigen Tagen gelöscht, sondern mit richterlicher Genehmigung bis auf weiteres archiviert. Wenn Sie mir die Tage sagen, von denen Sie die Videoaufnahmen benötigen, kann ich Ihnen diese übermitteln.“

Wenig später sind die Aufnahmen der drei gewünschten Tage auf einem verschlüsseltem USB-Stick auf dem Weg von Antwerpen nach Heidelberg. Leider konnte der Versand nicht digital erfolgen. Die Datenmenge war sowohl für den belgischen Absender als auch für den deutschen Empfänger schlicht zu groß.

„Meine Frau hat gestern gemeint, dass der Mörder immer der Gärtner sei“ leitet Müller zu einem anderen Absatz über. „Und irgendwie ging mir das nicht mehr aus dem Kopf. Wenn jemand keine Familie hat, keine Freunde und außer einem spleenigen Stammtisch keine weiteren Kontakte, wie kann er dann jemanden finden, der mit ihm auf Schatzsuche geht? Ich glaube, wir sollten uns nochmals um des Toten Vorgeschichte kümmern. Wen kannte er eventuell von früher? Und wenn er schon keinen Gärtner hat, wer hat vielleicht trotzdem aus dem häuslichen Umfeld Kontakt zu ihm gefunden? Irgendeinen muss es doch geben“. Damit hat er für die drei Ermittler den heutigen Arbeitsinhalt vorgegeben.

68

„Du mit Deinem Gärtner. Hast uns beinahe verrückt gemacht“ Klaus Müller sitzt mit seiner Frau am Abend anlässlich ihres Hochzeitstages auf einer Terrasse in einem schicken Lokal direkt über dem Neckar. Er hat heute Nachmittag alles andere wie einen schönen Hochzeitstag erlebt. „Die Oberen spinnen alle. Als würden wir den ganzen Tag am Schreibtisch hocken und Däumchen drehen. Alles haben wir durchgeackert. Wirklich alles. Aber weder in seinem Lebenslauf, noch in seinem früheren Beruf gab es Kontakte in irgendeiner Form ins Milieu. Der war einfach clean, was ist von einem Eremiten auch anderes zu erwarten.“ „Dann lass uns jetzt an was anderes denken“ versucht Anne ihn abzulenken. „Morgen gehen wir nochmals die ganzen Menschen durch, die im Haus wohnen und ins Haus kommen. Elektriker, Müllmänner, Postboten, einfach alle. Dann muss sich doch was finden“ Müller ist schon wieder voll ‚im Tunnel‘. Als er aufblickt fällt ihm ein, weshalb sie eigentlich hier sind. „Entschuldige bitte, aber jetzt bin ich ganz für dich da". „Das bist du ja schon sechsundzwanzig Jahre. Da ist es nicht schlimm, wenn du heute mal zeitweise abwesend bist" greift Anne lächelnd zur Speisekarte und bestellt den heute auf der Tageskarte angepriesenen Tagestipp.

69

Während das Team auf den Stick aus Antwerpen wartet, rollen sie das häusliche Umfeld des Toten nochmals auf.

„Ich habe nochmals unsere bisherigen Erkenntnisse des familiären Umfelds von Egon Fischer mit dem zuständigen Standesamt abgeglichen. Das war relativ einfach, da er und seine Eltern in Wiesloch geboren, ununterbrochen dort gelebt haben und auch zum Zeitpunkt ihres jeweiligen Todes gemeldet waren. Demnach war Egon Fischer tatsächlich das einzige Kind der Familie. Auch das Nachlassgericht in Heidelberg hat bestätigt, dass beim jeweiligen Tod der Eltern keine weiteren pflichtteilsberechtigten Erben festgestellt wurden. Auch hat sich kein möglicher Erbe von sich aus gemeldet. Damit sollte klar sein, dass der Tote alleine aufgewachsen ist und es auch keine Halbgeschwister gibt.

Eigene Kinder hat Egon Fischer auch keine gehabt. Er scheint auch nie in einer festen Beziehung gelebt zu haben. Sein Familienstand war zeitlebens ledig. Beim

Nachlassgericht habe ich ausdrücklich nochmals nachgefragt, ob sich aufgrund seines Todes Erben gemeldet hätten. Auch das ist nicht der Fall“ nimmt Schubert seinen Kollegen die Hoffnung, hier eine Spur zu finden.

„Damit ist klar, dass der oder die Unbekannte nicht aus der Familie stammen kann“ resümiert Kriminalhauptkommissar Müller. „Und was haben Sie, Kollegin, über das häusliche Umfeld ermittelt?“ wendet er sich an Rike Klein.

„Auch da glaube ich sehr kurz berichten zu können. Egon Fischer ist in seinem ganzen Leben laut Einwohnermeldeamt nur einmal umgezogen. Das war bereits vor siebenunddreißig Jahren, und zwar damals aus seinem Elternhaus in der Baiertaler Straße in seine zugleich letzte Wohnung in der Gerbersruhstraße. Vermieter ist seitdem eine größere gemeinnützige Wohnungsbaugenossenschaft, das heißt mögliche Vermieter scheiden als mögliche Kontakte aus.

Im Haus selbst gibt es drei Wohneinheiten. Im Erdgeschoss lebt eine dreiundachtzigjährige Dame, die selbst auf Pflege angewiesen ist und damit als Verdächtige von vorneherein auszuschließen ist. Im ersten Obergeschoss wurde durch die Stadt vor einem Jahr eine syrische Flüchtlingsfamilie untergebracht. Da wir davon ausgehen können, dass Fischer sicher sehr vorsichtig bei der Wahl eines Eingeweihten vorgegangen wäre, scheidet auch diese Familie aus dem Kreis der möglicherweise Verdächtigen aus. Der vorherige Mieter hat in der Wohnung über zwanzig Jahre gelebt und ist 2020 im Alter von achtzig Jahren ebenfalls verstorben."

„Gut - auch das unmittelbare häusliche Umfeld scheidet somit aus dem Kreis möglicher Täter aus" Müllers Mine verfinstert sich bei dem Gedanken, wieder keinen erfolgreichen Ansatz finden zu können.

„Aber es gibt noch einen weiteren Kreis" berichtet Rike weiter. „Ihr Beispiel mit dem Gärtner ging mir nicht aus dem Kopf. Also habe ich die Verwaltung der

Wohnungsbaugenossenschaft angerufen und um Informationen gebeten, wer denn alles so Zugang zu diesem Haus hatte. Die Liste ist eigentlich endlos. Sanitärtechniker, Maler, Hausmeister, Heizungsbauer, Postbote, Ableser von Heizungen und Strom, um nur einige zu nennen. Nachdem mir die Genossenschaft dann die Namen der jeweils beauftragten Firmen übermittelt hat, habe ich diese angerufen und festgestellt, dass glücklicherweise die meisten von ihnen mit ständig wechselndem Personal im Haus waren. Diese habe ich dann wieder von der Liste möglicher Verdächtigen gestrichen. So verbleiben noch drei Personen, die wir uns genauer anschauen sollten.

Dies sind

- der Hausmeister
- der Schornsteinfeger, der zweimal jährlich den Kamin vom Dachgeschoss aus kontrollieren musste und
- der Stromableser, der bereits seit 15 Jahren für dieses Haus zuständig ist.

Und da wollte ich jetzt weitermachen“ beendet Rike ihren längeren Vortrag.

„Sehr gut“ Müller hat Hoffnung gefasst. „Und jetzt berichte ich Ihnen, was mir gestern Nachmittag bei der Besprechung mit Staatsanwalt Knopf und Polizeirat Bauer passiert ist.“

In den folgenden Minuten erfahren die junge Beamtin und der nicht wesentlich ältere Assistent, dass ihr Chef keinen schönen Nachmittag erlebt hat. „Bei unseren Chefs liegen die Nerven blank“ beginnt Müller, sich seinen Frust von der Seele zu reden. „Wir wären zu langsam, Erfolge seien kaum ersichtlich und wie ich mir vorstelle, was sie der Presse erzählen sollen. Als sei das unser größtes Problem! So oder so ähnlich haben sie mir neunzig Minuten die Leviten gelesen und unmissverständlich ausgedrückt, dass wir jetzt endlich in die Hufe kommen sollen.“ Rike Klein erkennt, dass auch ihr Vorgesetzter inzwischen heftig unter Druck steht und ist dankbar, dass er sie und Schubert bisher vor diesem bewahrt hat. „Chef, Sie werden sehen. Wir stehen kurz vor dem Durchbruch, ich fühle das“

versucht sie ihn in eine positivere Stimmung zu versetzen.

„Hier ist ein Kuvert für Kriminalhauptkommissar Müller oder Polizeiinspektorin Klein“ ruft es aus der anderen Ecke ihres Besprechungsraums. Schubert eilt sogleich seinem Kollegen aus der Poststelle entgegen, der ein kleines Kuvert aus Belgien mit einem USB-Datenstick in der Hand hält. Wenige Minuten später war der Stick auf Viren geprüft, einmal zur Sicherheit bereits kopiert und steckt jetzt in einem PC der Direktion, der aus Sicherheitsgründen weder mit dem internen Netzwerk noch dem Internet verbunden ist. Und dann sitzen Schubert und Rike Klein gemeinsam vor dem Bildschirm, um zu beobachten, wer den ermordeten Dealer und Diamantenhändler in Antwerpen in den Tagen nach dem Meckesheimer Mord besucht hat.

70

Eine ähnliche Aufgabe absolvieren zu dieser Zeit bei der belgischen Federale Politie zwei Kollegen. Mit Hilfe eines Gesichtserkennungsprogrammes vergleichen sie Videoaufnahmen aus der Hoveniersstraat am Tag der Ermordung Ulrik de Neves mit Aufnahmen aus dem Checkin-Bereich an den Flughäfen Antwerpen und Brüssel. Obwohl die Federale Politie für diesen Zweck über sehr leistungsstarke Rechner verfügt, vergehen über zwei Stunden, bis der Vergleich mit dem Flughafen Antwerpen und einem negativen Ergebnis abgeschlossen ist. „Ich gebe mal schnell dem de Bruyne Bescheid. Vermutlich hocken wir hier noch viele Stunden umsonst vor dem Bildschirm herum“ sprach einer der Spezialisten und geht ins Nebenzimmer, um das Zwischenergebnis durchzugeben. „Bring bitte einen Kaffee mit, der Tag wird noch lang“ ruft ihm sein Kollege nach.

71

Auch Rike Klein und Daniel Schubert sitzen lange vor dem großen Bildschirm. Ihre Aufgabe ist noch schwieriger. Schließlich wissen sie eigentlich nicht, nach wem sie Ausschau halten sollen oder ob es überhaupt auf den Bildern jemanden gibt, der ihnen bekannt vorkommt. Nachdem die Aufnahmen des ersten Tages nach endlosen vier Stunden erfolglos gesichtet sind, beschließen sie, die weiteren Aufnahmen morgen durchzusehen und sich jetzt gemeinsam mit ihrem Chef den Hintergründen von Hausmeister, Schornsteinfeger und Stromableser zu widmen.

72

Es ist in Antwerpen 15.42 Uhr, als das Gesichtserkennungssystem Alarm auslöst. Sofort beugen sich die zwei Spezialisten noch näher zu ihrem Bildschirm. Wenige Augenblicke später alarmieren sie den zuständigen Ermittler Erik de Bruyne.

Dieser ist wenig später vor Ort. „Was gibt`s, Kollegen?“ Seine innere Anspannung ist selbst in seiner Stimme zu hören. „Wir haben einen Doppeltreffer“ berichtet sein Kollege. „Eindeutige Identifizierung. Die haben sich nicht einmal umgezogen. Flug um 10.25 Uhr mit der polnischen LOT von Brüssel nach Warschau. Von dort gibt es einen sofortigen Anschlussflug nach Moskau.“

„Sehr gut“ de Bruyne ist sichtlich zufrieden. Bitte schicken Sie mir die Vergleichsbilder und schauen Sie die restlichen Bänder durch. Ich möchte nicht, dass wir wegen des jetzigen Erfolges eine weitere Spur übersehen. Wenn Sie noch was finden, geben Sie mir umgehend telefonisch Bescheid“. Ohne ein weiteres

Wort des Dankes stürmt er mit dieser frischen Spur zurück in sein Büro.

73

Wenn man als Ermittler spürt, dass sich die Schlinge um einen Täter möglicherweise zuzieht, steigt das Jagdfieber. Dieses Empfinden haben alle drei, die sich kurz vor 19 Uhr über die Ergebnisse der letzten Stunden unterhalten.

„Der Stromableser scheint sauber zu sein. Ist seit vielen Jahren sein Nebenerwerb. Rentner, 73 Jahre und auf das Geld angewiesen. Ich habe mit ihm und seinem Auftraggeber telefoniert. Er kann sich an unseren Toten erinnern, hat ihn nach eigenen Angaben nur einmal gesehen. Das war, als er das erste Mal in der dortigen Wohnung ablesen wollte. Da gab es gleich einen Eklat. Egon Fischer wollte ihn nicht zum Sicherungskasten lassen. Unser Ableser hat berichtet, dass schon damals die Wohnung völlig zugemüllt war. Er hat sich dann bei der Hausverwaltung beschwert. Ein Jahr später war der Sicherungskasten mit dem Zähler auf den Flur vor der Wohnungstür von Egon Fischer verlegt. Seitdem hat er ihn nach eigenen Angaben nicht mehr gesehen. Ist aus meiner Sicht völlig glaubhaft". Mit dieser Einschätzung streicht Müller einen weiteren Namen von der Liste.

„Dann bleiben noch zwei". Daniel Schubert berichtet weiter. „Ich habe mir den Hausmeister unter die Lupe genommen. Heißt Walter Krieger, ist 42 Jahre alt und seit etwa vier Jahren bei der Hausverwaltung. Er hat natürlich Schlüssel für die Haustüre und alle Wohnungen. Die Hausverwaltung ist mit ihm sehr zufrieden, er würde alle Arbeiten sehr gewissenhaft und gründlich ausführen. Dazu gehört auch die jährliche Wohnungskontrolle, die er gegenüber der Wohnungsbaugenossenschaft protokolliert. Als ich gefragt habe, ob in diesen Protokollen Besonderheiten eingetragen sind, hat der zuständige Facility Manager dies verneint. Das empfand ich schon komisch. Haben wir Fischers Wohnung doch voll mit Unterlagen und Müll vorgefunden. Daraufhin habe ich gefragt, wo er vorher beschäftigt war. Und das war - die Spannung steigt - bei einem Systemsoftwarehaus im Walldorfer

Industriegebiet. Daraufhin habe ich mit dem dortigen Personalleiter telefoniert. Erst wollten sie mir nicht sagen, was der Kündigungsgrund war. Nach meinem Hinweis, dass ich auch mit einem richterlichen Beschluss kommen kann und die Personalakte dann beschlagnahme, wurden sie auskunftsfreudiger. Krieger war wohl ein sehr unangenehmer Mitarbeiter. Fachlich hervorragend, aber nicht immer bei der Sache. Sie haben ihn dann wegen der geringen Produktivität und der Nutzung dienstlicher Geräte für private Anwendungen abgemahnt und sich schließlich im beidseitigen Einvernehmen mit einer Abfindung getrennt. ‚Von faulen Äpfeln soll man sich trennen' war eines der Zitate der Personalverantwortlichen."

„Interessant, das könnte die heiße Spur sein, die wir weiterverfolgen müssen. Und was haben Sie, Frau Klein?" leitet Müller auf die letzte im Bunde über.

„Unser Schornsteinfeger heißt tatsächlich Frank Glück. Eigentlich auch unauffällig. Ist seit etwa sieben Jahren für das Gebäude in der Gerbersruhstraße zuständig. Sein Chef beschreibt ihn als ruhigen und introvertierten Menschen, der keiner Fliege was zu leide tun könnte. Die Hausverwaltung hat mir bestätigt, dass Glück bei seinen Arbeiten nicht in die Wohnung unseres Toten musste. Zugang zu dem Kamin und auch auf das Dach ist durch eine kleine Tür, die seitlich von der Wohnungstür von Fischer ihren Zugang hat. Also können wir davon ausgehen, dass Frank Glück mit dem Toten auch keinen regelmäßigen Kontakt hatte. Möglicherweise kannte er ihn gar nicht.“

„Dann reduziert sich unsere Liste auf einen Namen. Walter Krieger, unseren Hausmeister. Rike, wir fahren morgen nach Wiesloch und führen ihn bei uns vor. Nein, besser wir bitten das Wieslocher Revier, ihn uns gegen 11 Uhr zu überstellen. Und bis dahin schauen wir uns gleich morgen früh weiter die Bilder aus Antwerpen an.“

74

Für Rike ist es eine sehr unruhige Nacht, die sie erstmals in der Wohnung Michael Bannings verbringt. In ihren Träumen verfolgten sie Münzensammler, Sondengänger und Hausmeister bis in die hintersten Ecken Heidelbergs. Dazwischen war das Gesicht Michaels zu erkennen, der ihr immer wieder einen Blumenstrauß vor der Martinskapelle in Meckesheim überreichte. Schweißgebadet wacht sie mehrmals auf, um dann beruhigt festzustellen, dass eigentlich bei ihr privat alles in bester Ordnung ist.

Sie war nach den heutigen Ergebnissen so aufgewühlt, dass sie weder Michaels Vorschlag, in ein Kino, noch, in das Städtische Theater in der Altstadt zu gehen, akzeptierte. So schwangen sich beide zum Workout noch eine Stunde auf die Räder und bestellten anschließend bei einem Italiener Pizzen. Rike fiel nach zwei Gläsern eines guten Barolo wie ein Stein in das herrlich große Kingsize-Bett, welches die Möbelpacker eines Heidelberger Möbelhauses beim Transport durch das Treppenhaus fast zum Wahnsinn gebracht hatte. Nach dem Abräumen sah Michael seine deutsche Freundin selig im Bett schlummern und telefonierte anschließend noch mit seinem väterlichen Freund Steve in England. Als dieser das Telefon in Paignton zur Seite legt, sagt er zu seiner Frau „Volltreffer, der Junge hat endlich das gefunden, was er lange gesucht hat.“

75

Punkt sieben Uhr stecken sie erneut den USB-Stick in den Rechner ein. Es beginnt die Aufzeichnung des zweiten Tages in Antwerpens Diamantenviertel. Rike Klein, Daniel Schubert und ihr Chef sehen, dass es an diesem Tag in Antwerpen regnete. Und fast alle Menschen nutzen einen schwarzen Regenschirm, der die Sicht auf sie überwiegend verdeckt.

Als sie gegen 11 Uhr Schluss machen, ist erst die Hälfte des Tages gesichtet. Deshalb beschließt Schubert, schon mal weiter zu schauen, während Rike Klein und Klaus Müller den Hausmeister Walter Krieger zum Verhör erwarten. Als dieser, begleitet von zwei Polizisten aus Wiesloch, vorgeführt wird, begegnet ihm Schubert im Flur auf dem Weg zu seinem Büro.

Krieger wird sofort in das Verhörzimmer gebracht, welches bei der Kripo mit Aufnahmetechnik für die Dokumentation der Befragungen ausgestattet ist. Nach dem Abgleich der persönlichen Daten des möglichen Täters und der Belehrung, dass er als möglicher Beschuldigter einen Rechtsbeistand zu Rate ziehen darf, legt Rike Klein gleich richtig los.

„Herr Krieger, Sie sind hier bei uns, weil wir Sie des Mordes an Herrn Egon Fischer verdächtigen. Wir haben Grund zur Annahme, dass Sie mit ihm gemeinsam nach wertvollen Münzen in Meckesheim gesucht und ihn anschließend von hinten hinterhältig erschlagen haben. Möchten Sie hierzu Stellung nehmen oder lieber doch einen Rechtsanwalt hinzuziehen?" „So einen Rechtsverdreher brauche ich nicht" ist die lautstarke Antwort. „Ich habe damit natürlich nichts zu tun und Sie können mir das Gegenteil auf Garantie nicht beweisen. Zudem ist mir das jetzt alles hier zu blöde und ich verweigere ab jetzt die Aussage." „Das können Sie natürlich machen, das Recht steht Ihnen zu" ist Klaus Müller alles andere als über die Aussage verwundert. „Und Sie haben recht, noch können wir Ihnen die Tat nicht vollständig beweisen." In diesem Moment kommt Schubert hereingestürzt und gibt Rike Klein und Kriminalhauptkommissar Müller Zeichen, dass sie bitte mit nach draußen kommen sollen. „Schubert, so geht es wirklich nicht, wir sind mitten im Verhör“ wird er, bevor er etwas sagen kann, von Müller angeranzt. „Aber deshalb bin ich ja dazwischen. Ich habe den Krieger gesehen“ sprudelt es förmlich aus ihm heraus. „Er war in Antwerpen. Und weil er wohl nicht mit Regen gerechnet hat, war er einer der ganz wenigen, die ohne Regenschirm unterwegs waren. Somit einwandfrei auf dem Video zu erkennen. Er war um 11.14 Uhr, zwei Tage nach dem Mord an Fischer, in Antwerpen bei de Neve. Und dann können wir dreimal raten, was er dort wohl gemacht hat“ Müller und Rike Klein wären ihrem Kollegen am liebsten um den Hals gefallen. Sofort regelt Müller das weitere Vorgehen. „Rike, Sie versuchen, noch etwas aus ihm herauszubringen. Sobald das Verhör beendet ist, bleibt er über Nacht bei uns. Und ich rede mit dem Staatsanwalt und dem diensthabenden Untersuchungsrichter. Wir holen uns einen Beschluss zur Durchsuchung seiner Wohnung. Dann werden wir hoffentlich etwas finden, das uns weiterhilft.“.

Wenige Minuten später setzt Rike Klein das Verhör fort. Wie erwartet bleibt Krieger stumm wie ein Fisch, das ist ihr aber jetzt erstmal egal. Als sie nach drei Stunden das Verhör beendet, übergibt sie den Tatverdächtigen den Kollegen, die ihn zunächst bis zum nächsten Tag in Arrest nehmen. „Jetzt hängt alles davon ab, ob die Kollegen vor Ort was finden“ denkt sie und hofft inständig, dass dieser Fall bald einen erfolgreichen Abschluss finden kann.

76

Die Wohnung von Walter Krieger befindet sich im Heidelberger Stadtteil Emmertsgrund. In den hiesigen Hochhäusern kommt es gelegentlich vor, dass die Polizei zu Gast ist. Aber ein solches Aufgebot wie das, das die Wohnung 26 in diesem markanten Gebäude durchsucht, haben die Bewohner bisher auch noch nicht erlebt. Neben Klaus Müller und Daniel Schubert ist das komplette Team der Kriminaltechnik um Hakan Yildirim vor Ort. Dazu der herbeigeeilte Staatsanwalt Walter Knopf und natürlich Polizeirat Bauer. Um den sofort entstehenden Menschenauflauf von der Einsatzstelle weg zu halten, sind diese noch durch zahlreiche Beamte des zuständigen Reviers verstärkt. Zu allem Übel ist auch noch die regionale Presse in Form eines Lokalreporters der RNZ in kürzester Zeit angerückt. Um diesen kümmerte sich zunächst Staatsanwalt Knopf und danach zwei Beamte des Reviers, die den Reporter dezent hinter die Polizeiabsperrung verweisen. Bereits wenige Minuten später meldet der

Regionalticker der Zeitung „Polizeigroßeinsatz auf dem Emmertsgrund. Ermittlungen in Meckesheimer Mord vor dem Durchbruch?“

Die Ermittler gehen sehr akribisch bei der Wohnungsdurchsuchung vor. Aber egal, wie sie es drehen und wenden: es gibt nichts, aber auch überhaupt nichts Belastendes, was auf eine Täterschaft in der Mordsache hinweist. Auch die Durchsuchung der zur Wohnung gehörenden Kellerräume bleibt ohne Ergebnis. Als sie abrücken begegnet Rike Klein im Aufzug einem jungen Migranten, der sie neugierig anblickt. „Ist schon ein komischer Kerl der Walter, sitzt immer in seiner Werkstatt und lässt keinen rein“ sagt er zwischen dem 9. und 5. Stock zu ihr. „Werkstatt, das ist doch ein normaler Kellerraum“ irritiert blickt Rike ihr Gegenüber an. „Aber ich rede ja nicht vom Keller, seine Werkstatt ist doch ganz oben.“

Rike informiert Müller und wenige Minuten später stehen sie und die komplette Kriminaltechnik vor einer verschlossenen Tür oberhalb des Aufzugsschachtes. „Der war nicht nur in Wiesloch, sondern auch hier Hausmeister. Das Gebäude gehört auch der Wohnungsbaugenossenschaft, das haben wir beinahe übersehen“ Müller könnte sich auch jetzt noch die Haare einzeln ausreißen. „Aufmachen, sofort!“ Das Kommando lässt sich der Spezialist der Kriminaltechnik nicht zweimal sagen. Wenige Sekunden später ist die Tür geöffnet. Rike Klein und Klaus Müller treten in einen Raum ein, der keine Fragen offenlässt. Neben einzelnen Münzen in einer Vitrine steht im Zentrum wie auf einem Altar eine mit Metall und Silber verzierte Truhe. Auf einem der Beschläge ist das Klein und Müller bestens bekannte Wappen des „Ernst von Mansfeld“ eingeschlagen.

77

„Und dann hat er ganz schnell alles zugegeben?“ ungläubig schaut Michael Bannings seine Rike an. „Ja, ich glaube sogar, dass er am Ende froh war, sein Gewissen zu erleichtern“ sagte diese. „Er hat ausgesagt, dass er vom ewigen Geschwätz Egon Fischers über seinen baldigen Fund genervt war. Fischer hat ihn aber schon seit Jahren mit wertlosen Münzfunden versorgt. Als Gegenleistung hat Krieger über die verheerenden Zustände in Fischers Wohnung geschwiegen. Irgendwann hat Fischer ihn gefragt, ob er sich gut im Internet auskenne. Auch da, wo mal etwas krummere Dinge gedreht werden. Und so kam irgendwann der Kontakt zwischen Krieger und de Neve zustande.“ „Und wie kam es dann zum Mord?“ Die Neugierde von Michael ist kaum zu bremsen. „Fischer kam auf den späteren Täter mit der Frage zu, ob er ihm bei einer Grabung helfen könne. Es müsse alles sehr schnell gehen und er sei sich sicher, dass es lohnen würde. In Meckesheim sei ein wahrer Schatz zu finden. Da Krieger eh

Geld brauchte und zudem Gefallen an seiner Sammlung fand, war er bereit dazu. Er fuhr mit Fischer nach Meckesheim, dieser fand mit seiner neuen Sonde die in einem alten Grab versteckte Kiste. Nachdem sie einen Blick hineingeworfen hatten, schwärmte Fischer von den hunderttausenden, die sie nun erhalten würden. In dem Moment wollte Krieger nicht mehr teilen und schlug seinen Partner auf dem Weg zum Auto mit dem Spaten nieder."

„Und hast du was von dem anderen Mord in Antwerpen gehört?" „Ja" antwortet Rike. „Nachdem unser Fahndungserfolg publik wurde, hat sich auch der belgische Kollege gemeldet. Sie haben festgestellt, dass zwei Männer für den Mord in Frage kommen. Diese sind mit gefälschten Papieren wenige Stunden nach dem Mord an dem Dealer nach Moskau geflogen. Dort verliert sich jede Spur. Vermutlich waren sie von dem vermögenden Käufer des Zehnfach Golddukaten beauftragt, diesen doch beizubringen oder dafür zu sorgen, dass er niemals mehr betrogen wird." „Harte Sitten in deinem Gewerbe" meint Michael abschließend. „Lass uns das Thema wechseln. Was meinst du, sollen wir nächste Woche mal nach Meckesheim radeln? Vielleicht gibt es dort noch andere Geheimnisse.“

Ende

Anhang:

Dieses Buch ist meiner Wohngemeinde Meckesheim gewidmet, die im Jahr 2022 ihren stolzen 1200. Geburtstag feiern kann. Ein Jubiläum, welches zum Feiern und vielleicht auch zum Vertiefen in deren teils erstaunliche Geschichte einlädt.

Beim Schmökern in dieser Historie habe ich vielfach erfahren dürfen, auf welch geschichtsträchtigem Boden wir uns hier in der Kurpfalz befinden. Ein Boden, auf dem die reale Welt und deren Geschichte wunderbar verwebt werden kann mit einem fiktiven Kriminalfall, der in die eigene Welt der Sondengänger führt.

Und damit war die Idee geboren, meiner Gemeinde, der Kurpfalz und allen, die sich für deren Geschichte interessieren, einen kleinen Kriminalroman zu widmen. Wenn es mir gelungen ist, Ihnen, geehrte Leserin und geehrter Leser, unsere Heimat, die Kultur und vielleicht auch die ein oder andere liebenswerte Eigenart der Kurpfälzer näher zu bringen, habe ich alles